一位诗人的诞生

YI WEI SHIREN DE DANSHENG

外国卷

树 才 陈诗哥 周其星 选编

北方联合出版传媒（集团）股份有限公司
辽宁少年儿童出版社
沈 阳

© 树　才　等　2018

图书在版编目（CIP）数据

一位诗人的诞生. 外国卷 / 树才等选编. — 沈阳：
辽宁少年儿童出版社，2018.6（2021.5重印）
ISBN 978-7-5315-7629-7

Ⅰ . ①一… Ⅱ . ①树… Ⅲ . ①儿童诗歌—诗集—
世界 Ⅳ . ①I18

中国版本图书馆CIP数据核字（2018）第081467号

出版发行：北方联合出版传媒（集团）股份有限公司
辽宁少年儿童出版社
出版人：胡运江
地址：沈阳市和平区十一纬路25号　邮编：110003
发行部电话：024-23284265 23284261　总编室电话：024-23284269
E-mail:lnsecbs@163.com
http://www.lnse.com
承印厂：北京一鑫印务有限责任公司

责任编辑：薄文才　　　　　　　责任校对：李　爽
封面设计：彼得潘插图工作室　　版式设计：彼得潘插图工作室
责任印制：吕国刚

幅面尺寸：142 mm × 210mm
印　张：7.25　　　　　字数：118千字
出版时间：2018 年 6 月第 1 版
印刷时间：2021 年 5 月第 3 次印刷
标准书号：ISBN 978-7-5315-7629-7
定　价：39.80元

自我介绍

树才

我是一棵会飞的树啊
你没看见我身上
长满了树叶的翅膀?
我去过非洲
见到了黑人
我会说法语
认识了白人
我写诗也翻译诗
于是就成了诗人
我的名字在这句诗里
会飞的树才叫奇树

陈诗哥

自我介绍

一手写诗
一手写童话
诗与童话
对我来说
就像天使的两只翅膀
一个带着快乐
一个带着忧伤
有了它们
我就可以飞翔

大家说他是
孩子眼中的"万人迷"，
他说自己是"种树的男人"。
喜欢跟孩子在一起，
喜欢读书写字和健身。
喜欢过纯粹的日子，
交往有趣的朋友。
喜欢诗歌，
却从未写过。
这本书里，
藏着他仿写的一首诗，
你知道在哪儿吗？

周其星

公众号：星星问答

童心即诗

小朋友们，童心是什么？我先来讲一个故事吧。

有三个爱诗的人，因为一个特别的机缘，在郑州的一所小学里，相遇了。应了校长的邀请，他们去给那所小学的孩子们讲课。这之前，他们并不认识。但他们有一个共同点：特别喜欢诗，特别喜欢跟孩子们在一起。特别喜欢，就是一种爱了。爱是一种心甘情愿的付出，而且充满喜悦。付出爱的人，不会认为自己是在付出，恰恰相反，他们相信自己是在得到。付出越多，得到也就越多。这就是爱的奇妙的辩证原理。

话说他们三个都讲完该讲的课了。有一天，吃过晚饭，天色还早，他们就琢磨着，该到哪里去玩儿。学校离黄河很近。他们就说好了，一起去看黄河。黄河有什么好看的呢？他们是想去看一看，黄河的水到底变清了一点儿没有。这时一位朋友把车开过来了。走吧，他们互相招呼着，上了车。

1

话说这三人中的一个，手里拿了三只桃子。很甜、很好看的桃子！只是看，不咬它，嘴里都会涌上一股甜味儿。三只桃子，当然不能一人独吞。于是，三人手中都有了一只很甜、很好看的桃子。坐在车里，车轮飞奔，路边的树叶摇晃着，有风吹来。他们美美地、一口一口地咬着桃子，都夸这桃子甜、好吃。看着别人说好吃，自己咬着的桃子，就更好吃了！瞧这三个大孩子，三只桃子就把他们逗得那么开心！

转眼间，三人到了黄河岸边。也是转眼间，三只桃子只剩下了三颗硬硬的桃核。一般人，吃完桃肉，就会随手把桃核扔了。扔哪儿去？随手一扔呗。扔桃核，不像扔塑料袋，不能算随手扔垃圾。因为桃核不是垃圾啊，你扔到土里，没准它还发芽呢，没准它还开花呢，没准它还结出桃子来呢！这真是小孩子的想法——想得美！

果然，这三人都没有把硬硬的桃核扔掉。他们把它握在手心，内心充满了感激之情。吃了桃肉，当然要对桃核表示感激。这是大自然的美好赐予。爱诗的人，都懂这个道理。

现在，这三人沿着岸边走着。凉风习习，真惬意啊！黄河在这一段，是靠一座浮桥让两岸的人和车来来往往。夕阳给河水洒上了一层

金黄色的光。有几个人站在岸上钓鱼。浅浅的河水里，居然也有人站着，光着上身，只见他把一张渔网攥紧在手里，又突然甩出，渔网便瞬间散开，在低空划出一个弧形，罩向河面，然后沉入水中。那汉子的肌肉可真结实，甩渔网前，他先把腰转回来一些，然后停顿一下，感觉完全准备好了，这才忽地转回腰，靠腰的扭转力量，一下子把渔网高高地甩出去。这一幕真的很美。

三人中不知谁提了个建议，说我们找一块泥地，把桃核埋进去吧。另外两位，一下子就明白了此举的用意，齐声说好啊。于是，他们开始在岸边找地方。很快，好地方找到了！好，那就埋桃核吧。偏偏，那块地挺硬。埋桃核，得挖个小坑。用手挖吗？那是笨人的办法！猿人都知道借助工具。他们各自找来了尖尖的石片，或者树枝条儿，开始认真地挖起土来。小坑挖好了，他们又认真地把各自的桃核埋进去，然后用手掌把土拢过来，压在桃核上，好像不这么做，桃核会像一条活鱼那样自己跳出来似的。

他们还下到河边，用空矿泉水瓶携来河水，浇在桃坑上面。担心以后找不到，他们特意在桃坑旁边，放了几块石头，摆出好看的形状，

当作记号。他们相信，三颗桃核一定会在土里安安静静地歇几天，然后拱出地面，然后长出小苗，然后长成桃树，然后开出桃花……然后结出桃子！他们像完成了一件大事那么开心。他们在玩儿，更像在认真地干活儿。

天色渐渐暗了下来。带着新的喜悦，他们告别了黄河的岸边。

就在回学校的路上，他们商量妥了一件大事：给孩子们选一些好诗，写上评语，还要请画家配上插图，然后做成一本漂亮的书！他们觉得，这是一件大好事：把自己认定的好诗，推荐给孩子们读，更重要的是，他们想鼓励孩子们自己动手写诗。

事情说好了，就得去做啊！可是，做这件事情，其实是很费时耗力的。他们都挺忙。好在，遇到困难时，他们没有放弃，而是互相鼓励，坚持做下去。幸运的是，他们很快就找到了一家优秀的出版社。社长听说这个选题后，还亲自来关心呢！

终于，终于，这本书要诞生了！

终于，终于，那三颗桃核，真的在黄河边的堤岸上长出芽来了！现在，它们已经长成三棵小桃树了。

小朋友们，你们知道了吧？那三个天真的

4

人，就是这本书的三位主编。

一位叫周其星，特别棒的小学语文老师，他在学校里组织了"小作家社团"。我还跟社团的小诗人们一起写过诗呢！我管他叫星星，因为他有明亮的眼睛和非常热情的心，像闪光的星星。

另一位叫陈诗哥，非常出色的童话作家、童诗诗人，他写了好几本童话和童诗集呢，还得过大奖。他是一个有信仰的人。信仰的力量，不断地加深着他对孩子们的爱和责任感。他是我们三人中最小的，但他的名字起得好，我们喊他时，就自动成了他的弟弟。反正他一定是小诗人们的好"诗哥"。

另一位呢，就是我了。我写诗，也翻译诗。我已经年过半百，长头发花白了，走路时遇到风，却有飘飘欲仙的感觉。我的真名叫陈树才，另一个真名叫树才。

小朋友们，我多么希望你们能喜欢这本书啊！我是从2014年开始做儿童诗歌教育的。"童心即诗"——这是我越做越相信的。我发现，诗是孩子们身上的天性。每一个孩子天生都会写诗，只要你稍微引导一下，比如同他（她）一起分享一首诗，然后让他依着自己的语言，把心里的感觉说（写）出来。

　　孔子当年编完《诗三百》（后来就成了《诗经》），曾经感叹："诗三百，一言以蔽之，曰思无邪！"

　　我们中华民族伟大的诗教，就是从这句话开始的。按我的理解，"思无邪"，就是指一颗童心。

　　小朋友们，不管你们上学了还是还在幼儿园，不管你们是小学生还是中学生，你们的内心每天都涌动着很多很多的诗句呢！

　　你们试着把这些诗句写出来吧！如果你们不知道该怎么写，那我要郑重地建议你们：读一读这本书吧。

树　才

2018 年 4 月 15 日

长江岸边李庄古镇

目 录

当你苦着脸

[法]阿·博斯凯　韦　苇 译

当你苦着脸，
鲜花就垂下了花瓣。
当你苦着脸，
秋千就不再飞荡。
当你苦着脸，
青草就长刺，会咬人……
我的小家伙，
晴朗的天空万里无云，
而你却苦着一张脸，
瞧，春天也布满阴云，
瞧，连大树，
也垂头丧气走出了花园，
小树们
也跟着大树走了，全部走完……

怎样才能让它们都回来？
小家伙，你对它们笑笑吧，
你一笑，所有的花儿又会鲜艳，

草儿又会变得柔软，
走了的大树就会回来，
小树也都会跟着回到花园，
秋千又会重新飞荡起来，
荡着，荡着，荡上蓝天。

点评

　　这首诗举了那么多例子，就说了一个道理：不要再"苦着脸"了！你苦什么，也请不要再"苦着脸"了！否则，后果很严重。怎么个严重法？读完这首诗，你就明白了。

致敬诗人

当我微笑时

（杨荔媛 11岁）

当我微笑时，
最好吃的冰淇淋永不融化。
当我微笑时，
悦耳的音乐一直在耳旁。
当我微笑时，
不会的题会自己填上答案。
当我微笑时，
我将走在仙境中，
闭上眼睛往前走，
一直走到知识的大门中。
当我微笑时，生命的灯永不熄灭。

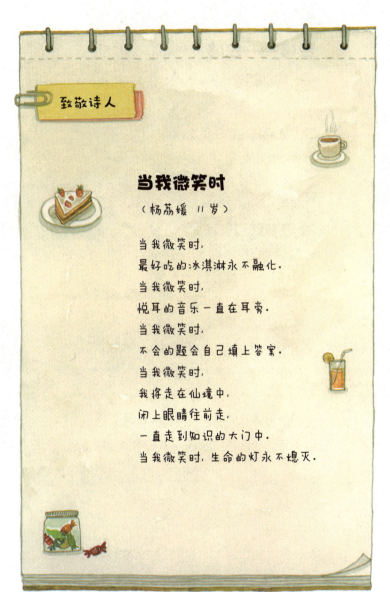

巴喳——巴喳

[英]杰·里弗茨　韦　苇　译

穿上大皮靴在林子里走，
巴喳——巴喳！

"笃笃"听见这声音，
就一下躲到了树枝间。

"吱吱"一下蹿上了松树，
"蹦蹦"一下钻进了密林。

"叽叽"嘟一下飞进绿叶中，
"沙沙"哧一下溜进了黑洞。

全都悄没声儿地蹲在看不见的地方，
目不转睛地看着"巴喳——巴喳"越走越远。

点评

　　这是一首由声音作成的诗。象声词"笃笃""吱吱""蹦蹦""叽叽""沙沙"……既是声音，又是发出声音的动物。挺神奇的——一听见声音，我们就知道是什么动物。孩子们的耳朵就更灵了，他们竖起耳朵，听得仔细——没准一首诗"巴嗒——巴嗒"正从树林里走出来呢……

嗒嗒——嗒嗒

（李健熙 12岁）

周老师从楼上下来，
嗒嗒——嗒嗒！

"喳喳"听见这声音，
马上安静下来了。

"啊哈"一下闭上了嘴巴，
"咯吱"一下端正坐好。

"砰砰"一下放下书本，
"哒哒"一下放好文具。

全都安静到鸦雀无声，
等待着"嗒嗒——嗒嗒"的到来。

斑马的问题

[美] 谢尔·希尔弗斯坦　叶　硕 译

我问斑马，

你是有白条纹的黑马，

还是有黑条纹的白马？

斑马反过来问我，

你是个有坏习惯的好孩子，

还是个有好习惯的坏孩子？

你是安静时多吵闹时少，

还是吵闹时多安静时少？

你是高兴时多难过时少，

还是难过时多高兴时少？

你是个有时邋遢的干净孩子，

还是个有时干净的邋遢孩子？

它就这样不停

不停不停地问，

而从此我再没

向斑马

问过

它的条纹。

点评

　　我们都知道"斑马线"。我们住在城市里，街道很多，走路时会遇到十字路口。十字路口，人和车不能抢着过，否则得有多少车祸啊！所以，我们画上了斑马线，设了红绿灯。红灯，停。绿灯，过。为什么叫斑马线呢？因为画在地上的线，就像斑马身上的条纹。斑马呢，天生就长成那样。斑马有问题吗？没"问题"。你却偏偏要问斑马："你是有白条纹的黑马，还是有黑条纹的白马？"你让它怎么回答？你这不是存心刁难吗？！于是，斑马不高兴了，就反问了一连串问题。瞧你一个也回答不出来。傻了吧！所以嘛，不是问题的"问题"，我们就不要问了。

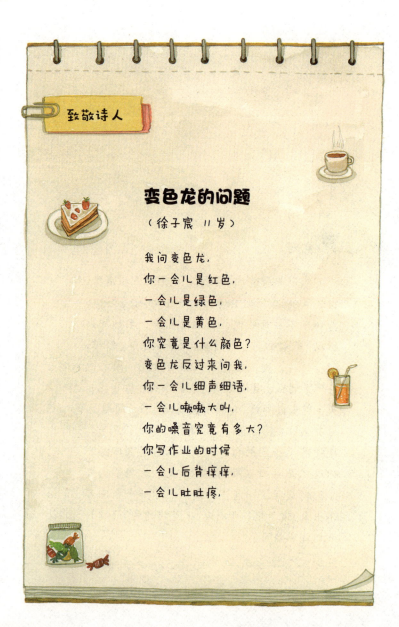

致敬诗人

变色龙的问题

（徐子宸 11岁）

我问变色龙，
你一会儿是红色，
一会儿是绿色，
一会儿是黄色，
你究竟是什么颜色？
变色龙反过来问我，
你一会儿细声细语，
一会儿嗷嗷大叫，
你的嗓音究竟有多大？
你写作业的时候
一会儿后背痒痒，
一会儿肚肚疼，

你究竟是什么感觉？
你一会儿脸上开花，
一会儿眼睛下雨，
你究竟是什么心情？
你一会儿爱吃蛋糕，
一会儿要吃鸡腿，
你究竟爱吃什么？
它就这样不停地问，
而从此我再没有
向变色龙
问过
它的颜色。

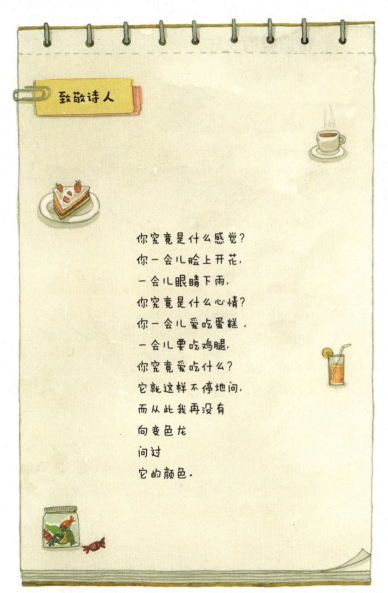

11

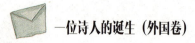

擦皮鞋的少年

[韩]郑浩承　薛　舟　译

他擦皮鞋，也擦拭星辰
摘来晨星，盛满皮鞋箱
为了均匀地分给
那些失去星星的人们
他擦皮鞋，也擦拭星辰
整天孤独地坐在路边
捡起昨天夜里被人践踏
滚落在地的流星
他也拿出天上隐藏的阳光
手里盛满世界上的星光
擦皮鞋，也擦拭生命
就像妈妈每天早晨擦镜子
背着盛满昨夜星辰的鞋箱
走过冬夜的街巷
人们纷纷抱着星星回家了
而他追随凝结在脚印里的风声
前行，摆动着枯叶般的手

13

 点 评

　　这个"擦皮鞋的少年"，真可怜！他"整天孤独地坐在路边"，多孤单！但为了挣生活，他只能这样。为什么人们要擦皮鞋？因为穿着皮鞋走路，路上有灰尘，皮鞋会脏。少年擦皮鞋，就是为了把皮鞋擦干净，擦得亮亮的。亮亮的东西还有什么呢？星辰，流星，阳光，星光，镜子，还有生命……这个少年真神奇，他居然能"摘来晨星"，"捡起"那些"滚落在地的流星"……不过，这些只是美好的想象。当他"摆动着枯叶般的手"，而"人们纷纷抱着星星回家了"，我们就明白：他是可怜的，但又那么善良！

致敬诗人

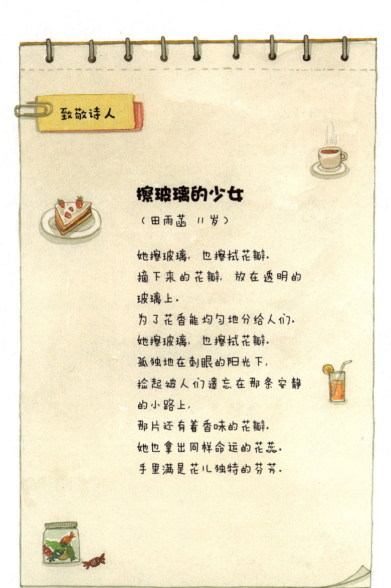

擦玻璃的少女

（田雨菡 11岁）

她擦玻璃，也擦拭花瓣，
摘下来的花瓣，放在透明的
玻璃上。
为了花香能均匀地分给人们。
她擦玻璃，也擦拭花瓣。
孤独地在刺眼的阳光下，
捡起被人们遗忘在那条安静
的小路上，
那片还有着香味的花瓣。
她也拿出同样命运的花蕊。
手里满是花儿独特的芬芳。

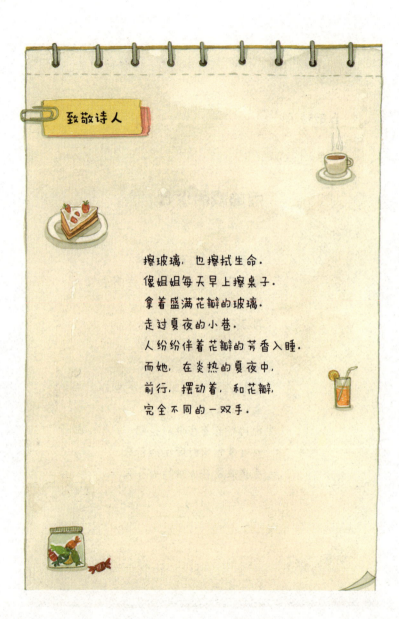

致敬诗人

擦玻璃，也擦拭生命，
像姐姐每天早上擦桌子，
拿着盛满花瓣的玻璃，
走过夏夜的小巷，
人纷纷伴着花瓣的芳香入睡，
而她，在炎热的夏夜中，
前行，摆动着，和花瓣，
完全不同的一双手。

略论口味不同

[俄] 马雅可夫斯基　飞　白　译

马

　　一面说，

　　　　一面瞟着骆驼：

"这匹马

　　大得不像话，

　　　　还是个罗锅。"

骆驼

　　惊讶地回答：

　　　　"难道你是马吗？

你

　　不过是

　　　　骆驼有病长不大。"

唯有

　　白胡子上帝

　　　　心中有数：

这本是

　　不同类的

　　　　两样动物。

点 评

　　我们每个人都有自己的嘴，当然"口味不同"了。酱油米醋，各有所好。但"一匹马"和"一只骆驼"，怎么会互相瞧不上对方呢？它们也跟人一样，只看见自己，而且自恋。看到这种情形，"白胡子上帝"当然觉得好笑了。所以，我们看任何事物，都不要光从"自己"出发，以"自己"为唯一尺度，去做可笑的评判。

致敬诗人

略论口味不同

（王一诺 11岁）

女孩
　一面说，
　　　一面瞟着男孩：
"这个小女孩
　　丑得不像话，
　　　　还没有辫子。"

男孩
　惊讶地回答：
　　　"难道你是女孩吗？
你
　不过是
　　　穿着裙子的奇怪男生。"

唯有
　天地
　　　心中有数：
这本是
　不同性别的
　　　两种人。

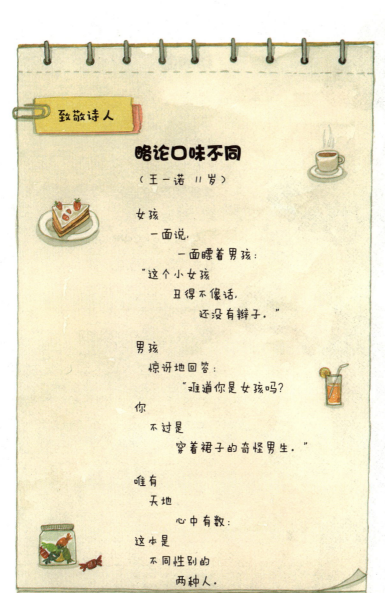

动物园

[法]米歇尔·布托　树　才 译

黑夜降临
栅栏重又关闭
大象梦见它的象群
犀牛梦见它的树干
河马梦见清亮的湖泊
长颈鹿梦见蕨类的叶簇
单峰驼梦见叮当响的绿洲
野牛梦见草海
狮子梦见叶丛里的簌簌声

一位诗人的诞生（外国卷）

西伯利亚虎梦见雪中的踪迹

北极熊梦见多鱼的瀑布

豹子梦见在月光中

闪过的毛皮

猩猩梦见香蕉树

被它们的紫色花压垮

鹰梦见阵阵烈风

在云朵的峡谷中

海豹梦见裂开的大浮冰

那移动的群岛

看门人的孩子们梦见海滩

21

 点评

　　写这首诗的法国诗人，又是个小说家。这个小说家喜欢"做梦"，他梦见了动物园里的各种动物：大象、犀牛、河马、长颈鹿、单峰骆驼、野牛、狮子、西伯利亚虎、北极熊、豹子、猩猩、鹰、海豹……奇妙的是，他还梦见了这些动物各不相同的"梦见"……但最感人的，是最后那行诗句——"看门人的孩子们梦见海滩"，从中我们可以读出，诗人对"看门人的孩子们"充满同情。孩子们有能力"梦见"，尽管爸妈是没钱的看门人。

致敬诗人

动物园

（徐子宸 11岁）

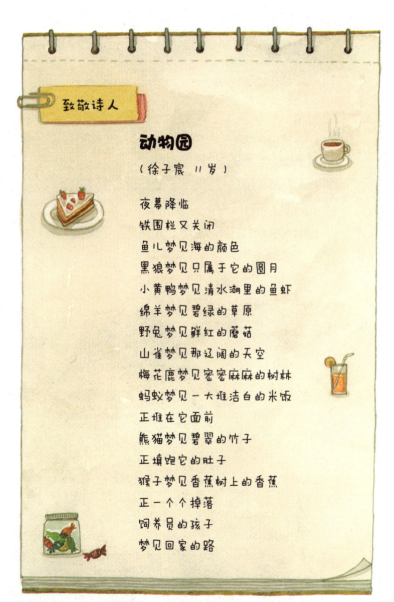

夜幕降临

铁围栏又关闭

鱼儿梦见海的颜色

黑狼梦见只属于它的圆月

小黄鸭梦见清水湖里的鱼虾

绵羊梦见碧绿的草原

野兔梦见鲜红的蘑菇

山雀梦见那辽阔的天空

梅花鹿梦见密密麻麻的树林

蚂蚁梦见一大堆洁白的米饭

正堆在它面前

熊猫梦见碧翠的竹子

正填饱它的肚子

猴子梦见香蕉树上的香蕉

正一个个掉落

饲养员的孩子

梦见回家的路

恶邮差

[印] 泰戈尔　郑振铎 译

你为什么坐在那边地板上不言不动的，告诉
　　我呀，亲爱的妈妈？
雨从开着的窗口打了进来，把你身上全打
　　湿了，你却不管。
你听见钟已打四下了么？正是哥哥从学校回
　　家的时候了。
到底发生了什么事，你的神色这样不对？
你今天没有接到爸爸的信么？

我看见邮差在他的袋里带了许多信来，
　　几乎镇里的每个人都分送到了。
只有爸爸的信，他留起来给他自己看。
　　我确信这个邮差是个坏人。
但是不要因此不乐啊，亲爱的妈妈。
明天是邻村市集的日子。你叫女仆
　　去买些纸和笔来。
我自己会写爸爸所写的一切信，
　　使你找不出一点错处来。
我要从 A 字一直写到 K 字。
但是，妈妈，你为什么笑呢？
你不相信我能同爸爸写的一样好！
但是，我将用心画格子，把所有的
　　字母都写得又大又美。
当我写好了时，你以为我也像爸爸那样傻，
　　把它投入那可怕的邮差的袋中么？
我立刻就自己送来，而且一个字母，
　　一个字母地帮助你读。
我知道那邮差是不肯把真正的好信
　　给你的。

点评

　　邮差，就是送信的人。这首诗中的"我"是一个孩子。他看见妈妈不开心，很心疼，就思忖这是为什么，最后他认定，这是因为邮差把爸爸的信扣下来了，害得妈妈读不到，闷闷不乐。孩子的想象显然不是"真的"，我们却真切地感到了他对妈妈的爱。怎样才能让妈妈开心呢？孩子居然要自己写好"爸爸所写的一切信"，亲自送给妈妈，"一个字母一个字母"地帮妈妈读……面对这么心疼妈妈的孩子，哪一个妈妈会不笑呢？这首诗写出了孩子的"天真"和"美好"。想象是带着感情的。不带感情，那才叫凭空想象呢！

儿童是世界上一点一点的光

[韩] 李元凤　任溶溶 译

世界上一点一点的光，
已经变成一条一条的小溪流。
它们有一天还将变成海洋，
当朋友和朋友合在一起的时候。

世界上一点一点的光，
是在天上流动的星星，
它们有一天还将变成宇宙。

世界上一点一点的光，
各在不同的地方，
可有一天它们碰在一起，
就像含笑的鲜花开放。

一位诗人的诞生（外国卷）

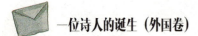

点评

这首诗写"一点一点的光"是怎样变大的。用什么办法呢？变——像孙悟空一样。先是变成"小溪流"，汇成江河，扑进大海，不就是"海洋"了吗？而且是友谊的海洋——"朋友和朋友合在一起"了呀。然后又变成"星星"——星星们在一起就成了"宇宙"。最后变成"鲜花"——鲜花一起绽放的时候，像一张张笑脸，因为"不同的地方"的光碰到了一起。"一点一点的光"还能不断变化下去，但我们心里已经明白：这些闪光点，就是儿童。他们为什么会闪光呢？因为有一颗童心。

狗之歌

[俄] 叶赛宁　刘湛秋 译

清晨，在黑麦秆搭的狗窝里，
在草席闪着金光的地方，
一条母狗下了七只狗崽，
七只小狗啊，毛色都一样棕黄。
母狗从早到晚抚爱着它的小狗，
用舌头舔梳它们身上的茸毛，
雪花融化成一滴滴的水，
在它温暖的肚皮下流过。
傍晚，当一群公鸡，
栖落在暖和的炉台，
主人愁眉不展地走过来，
一股脑把七只小狗装进麻袋。
母狗沿着雪堆奔跑，
跟着主人的脚迹追踪；
而那没有结冻的水面，
长久地，长久地颤动。
当它踉跄往回返时已无精打采，
边走边舔着两肋的汗水，

那牛栏上空悬挂的月牙，
好像是它的一个小宝贝。
它望着蓝色的天空，
悲伤地大声哀叫，
纤细的月牙滑过去了，
隐入小丘后田野的怀抱。
当人们嘲笑地向它扔掷石块，
像是扔过一串串赏钱，
只有两只狗眼在无声地滚动，
宛若闪亮的金星跌落雪面。

一位诗人的诞生（外国卷）

点评

　　小狗狗多么可爱！无论大狗还是小狗，都很可爱，因为狗很忠诚。但在这首诗中，狗却那么可怜：一条母狗和它的七只狗崽！这首诗是一个关于狗的命运的故事。故事凄惨，歌声也就凄凉。叶赛宁是个天才诗人，他把每个细节都写得活灵活现！这更唤起我们对这些狗的凄惨命运的同情。世上的人啊，千万不要这样对待狗狗啊！

致敬诗人

男孩与北美红雀

（贾茗翔 10岁）

在靠近村庄的树林里，
一只雌北美红雀孵出了两枚鸟蛋，
雄北美红雀开心地蹦来蹦去，
一家人都非常快乐。

一天，北美红雀父母离家很远去觅食，
一个男孩来到了树林。
顺手把两只小北美红雀带走了！
等两只成年北美红雀回来后，
小鸟宝宝已经不见了。
它们愤怒至极，
但并没有绝望。
它们顺着男孩留下的足迹，
着急地往前飞。

致敬诗人

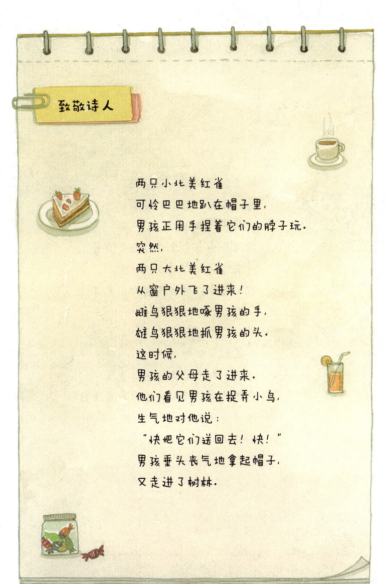

两只小北美红雀
可怜巴巴地趴在帽子里，
男孩正用手捏着它们的脖子玩。
突然，
两只大北美红雀
从窗户外飞了进来！
雌鸟狠狠地啄男孩的手，
雄鸟狠狠地抓男孩的头。
这时候，
男孩的父母走了进来。
他们看见男孩在捉弄小鸟，
生气地对他说：
"快把它们送回去！快！"
男孩垂头丧气地拿起帽子，
又走进了树林。

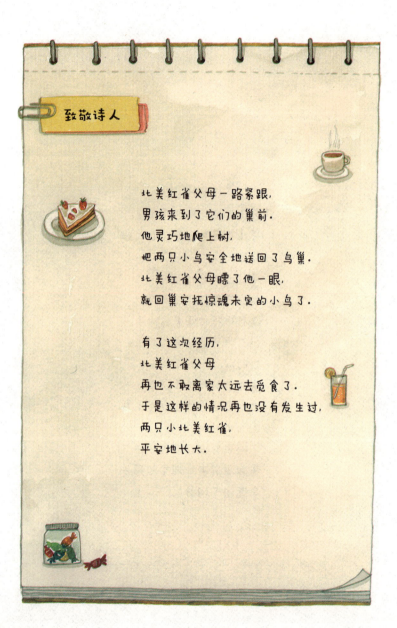

致敬诗人

北美红雀父母一路紧跟，
男孩来到了它们的巢前。
他灵巧地爬上树，
把两只小鸟安全地送回了鸟巢。
北美红雀父母瞟了他一眼，
就回巢安抚惊魂未定的小鸟了。

有了这次经历，
北美红雀父母
再也不敢离家太远去觅食了。
于是这样的情况再也没有发生过，
两只小北美红雀，
平安地长大。

时间

[德] 保罗·策兰　孟　明　译

时间如何分枝，
世界再也不知。
它在哪里演奏夏日，
哪里海就结冰。

心从何来，
只有遗忘知。
在箱子、匣子和立柜里，
时间长得真实。

它用大量的愁苦
造出一个美丽的词。
无论这里那里，
对你确凿无疑。

点 评

　　第一节有一个想象：时间是一棵树。"分枝"就是树长出枝杈。这就特别生动，原来，时间的形状是一棵树。第二节写"心"，它在哪里？"只有遗忘知"。其实它藏在各种各样有盖子的盒子里，所以出现"箱子"和"匣子"。第三节说时间是"一个美丽的词"，却是"用大量的愁苦"造出来的！时间本苦，人生本苦啊！树，也是一个美丽的词啊！策兰的诗句，探测得很深，解释只会窄化它的意味。

致敬诗人

时间

（田雨菡 11 岁）

时间，曾经谁都想主导它，
却从未有过成功。
尝试者只品尝过失败，
他们向往甜美的果实，
但向来只收获苦涩。
时间像一件扑朔迷离的悬疑案，
令人不寒而栗。

成功从何而来，
它从人们的遗忘中来，
人们越现实，它越精彩。

它，是一本本剧本，
让人们演绎，
最终出现奇迹。

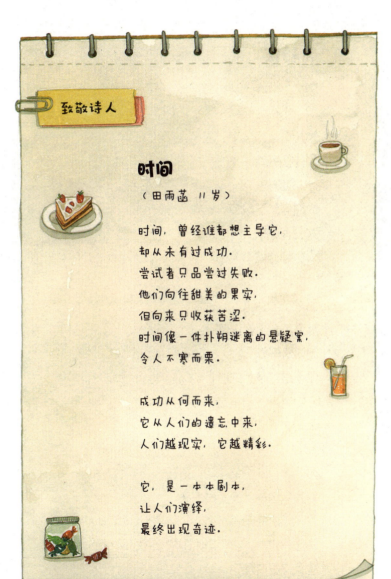

风和花

[冰]吐斯坦恩·瓦尔蒂玛逊　石琴娥 译

为什么会有风来，哥哥，
为什么会有风来，
你知道吗？
大树摇动了树枝，妹妹，
就会有风来，
大树摇动就有风来。

那么花怎么来的，哥哥，
难道花是风吹来的，
你知道吗？
那不是花朵，妹妹，
它们是天上的星星，
天亮时洒落到我们身边。

那么所有的小黄花呢，哥哥，
小黄花也是从天上掉下来
落在地上的吗？
是呀，妹妹，它们是太阳的孩子，
难道你没有看到
它们就像太阳一样光彩绚丽？

一位诗人的诞生（外国卷）

点评

　　风和花，是世界上两种奇妙的事物：风看不见，却感觉得到，花不光看得见，而且有香味。全诗问了三个问题："为什么会有风来？难道花是风吹来的？小黄花是从天上掉下来落在地上的吗？"妹妹提问，哥哥回答。问得奇妙，答得也奇妙。哥哥很爱妹妹，他把自己的想象当作答案告诉了妹妹。真正了不起的知识，不是现成的答案，而是奇妙的想象。诗歌不是什么知识，而是知识之上的想象，知识之上的"知识"。

观察黑鸟的十三种方式

[美]华莱士·史蒂文斯　　西　蒙 译

一
周围二十座雪山，
唯一动弹的，
是黑鸟的眼睛。

二
我有三种思想，
像一棵树，
栖着三只黑鸟。

三
黑鸟在秋风中盘旋，
它是哑剧的一小部分。

四
一个男人和一个女人，
是一个整体。
一个男人和一个女人和一只黑鸟，
也是一个整体。

41

五
我不知道更喜欢什么，
是变调的美，
还是暗示的美，
是黑鸟啼鸣时，
还是鸟鸣乍停之际。

六
冰柱为长窗，
镶上野蛮的玻璃。
黑鸟的影子，
来回穿梭。
情绪，
在影子中辨认着，
模糊的缘由。

七
噢，哈达姆瘦弱的男人，
你们为什么梦想金鸟？
你们没看见黑鸟，
在你们身边女人的脚下，
走来走去？

八
我知道铿锵的音韵，
和透明的、无法逃避的节奏；
但我也知道，
我所知道的一切，
都与黑鸟有关。

九
黑鸟飞出视线，
它画出了，
许多圆圈之一的边缘。

十
看见黑鸟，
在绿光中飞翔，
买卖音符的老鸨，
也会惊叫起来。

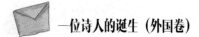

十一

他乘着一辆玻璃马车，
驶过康涅狄格州。
一次，恐惧刺穿了他，
因为他错把
马车的影子
看成了黑鸟。

十二

河在流，
黑鸟肯定在飞。

十三

整个下午宛如黄昏。
一直在下雪，
雪还会下个不停。
黑鸟栖在雪松枝上。

点评

　　每天，当我们睁开眼睛，从梦中醒来，我们就在看。当然是用眼睛看。闭上眼睛，我们又看不见了。《小王子》说得好：本质的东西是看不见的。我们要看见"本质的东西"，不能光用眼睛，还要用心。怪不得有"心眼"这个词！看，就是观察！观察，就是仔细地看，从各个角度去看。一只黑鸟有什么好看的？但如果你仔细看，仔细观察，你就能看见"黑鸟"的方方面面……这首诗挺深奥。但是，不要怕深奥，无非就是十三种看的方式。这首诗启示我们：我们看任何事物，如果真想看见，不能只用一种"方式"。

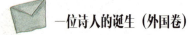

致敬诗人

喜欢弟弟的三种方法

（严悦嘉 10岁）

一

打开我的音乐

没人说话了

就只有

弟弟在笑

二

妈妈、爸爸和我

是一个家庭

妈妈、爸爸、我和弟弟

也是一个家庭

三

弟弟一哭

我的眼睛就会飞出妈妈的视线

成了

三角形的一个顶点

你不快乐的每一天都不是你的

[葡] 费尔南多·佩索阿　姚　风　译

你不快乐的每一天都不是你的：
你只是虚度了它。无论你怎么活
只要不快乐，你就没有生活过。

夕阳倒映在水塘，假如足以令你愉悦
那么爱情，美酒，或者欢笑
便也无足轻重。

幸福的人，是他从微小的事物中
汲取到快乐，每一天都不拒绝
自然的馈赠！

一位诗人的诞生（外国卷）

 点评

　　谁不想活得快乐呢？谁都想。谁没品尝过不快乐的滋味呢？谁都品尝过。不管怎么活，我们都会有不快乐的时候。快乐和不快乐，是一对矛盾，两种彼此对立的情绪，但它们谁都离不开谁。品尝过不快乐的人，才会向往快乐。佩索阿的一生，闷闷不乐的时候很多，他比谁都更向往快乐。他写这首诗，是为了激励我们：要活得快乐！但怎样才能获得快乐呢？要"从微小的事物中汲取到快乐"。

致敬诗人

你不幸福的
每一天都不是你的

（郑同桐 10岁）

你不幸福的每一天都不是你的，
你只是度过了它。无论你怎么生活
只要不幸福，你就只是在死亡中度过了它。

微风吹拂过田野，假如足够让你愉悦
那么真情，美食，或者满足
便也没有轻重。

快乐的人，是他从细微的物体中
得到幸福，每一小时都不反对
世界的馈赠！

火车

[德] 弗里德里克·迈吕克　马文韬 译

火车
用它们那认真的车轮
勤勉地将绿色的
（或者灰色的或者白色的）
风景缝在一起
如同一架缝纫机
敏捷地在布料上
行走

51

点评

　　原来火车的车轮也可以是缝纫机啊——反正，风景是这样被"缝"在一起的。这首诗只有一个意象。一个意象足以生出一首诗来。它写的是"火车"吗？是。又不只是。一首诗不是要写得多，恰恰相反，要写得"少"——少，其实比多还多！少，在诗里就是多。诗是以少胜多的语言艺术。这个意象把整首诗变成了一个隐喻。

致敬诗人

烤箱

（周子欣 9岁）

烤箱
用它无比弱小的身体
努力地烤着
一片片巨大的面包
如同数钱机
将钱一张张
敏捷地吐出来

53

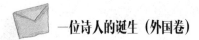

假如你只剩下六分钱

[马耳他] 安东·布蒂吉格　冰　心 译

朋友，
如果你口袋里只剩下六分钱，
就用三分钱给你自己买一块面包；
用其余的钱买一把芬芳的
会使你充满了新的希望的
水仙花。

点评

　　人类是在"假如"中生活的。没有假如，也就取消了生活。假如，就是假设，就是如果，是对生活的虚拟。每个以"假如"开头的句子，都包含诗歌的想象。"假如你只剩下六分钱"，你会怎么办？这首诗就回答了这个问题。用三分钱来买面包，就是先保证生存。剩下的三分钱呢？诗人建议买一束"水仙花"，因为水仙花会给我们香气，给我们"希望"——假如没有希望，生存也就不可能了。不管我们手上剩下多少钱，我们都应该同时拥有生命所必需的"物质"和"精神"。

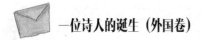

假如天空

[瑞典]帕·拉格奎斯特　李　笠 译

　　假如天空是面水一般的明镜，不像现在这样单调，蓝得发黑，覆盖着大地，活着也许会更有乐趣。你将在这面镜子里看见世上的人、山峦，挺拔的老树被放大、扭曲，变得千奇百怪，并永远上下颠倒；无数条腿在天宇中乱蹬乱舞。但是，你仍希望看见世界如现在一样；当你觉得生活枯燥乏味、呆板得过于理智或愚蠢，你就会仰视天空，相信这一切只是一个十分奇特的历史。

点评

又一首"假如诗"。诗从某种意义上说，就是假如。这是一首散文诗，是以"散文"的形式写成的——把一行写到头了，才拐入另一行。散文诗比诗容易写吗？错！困难是一样的（甚至更大）。这首诗写什么呢？写假如天空是一面镜子。我们都照过镜子，我们也把"天空"当镜子照一照吧。觉得生活乏味的时候，我们不要忘记：仰望天空这面镜子。

金鱼

[日]金子美铃　吴　菲 译

月亮呼吸的时候
呼出来的
是柔和又让人怀想的月光。

花儿呼吸的时候
呼出来的
是纯洁又芬芳的花香。

金鱼呼吸的时候
吐出一颗颗美丽的宝石
就像童话里那个可怜的女孩一样。

59

点评

人是会呼吸的。人就靠呼吸活着。但月亮也会呼吸，它呼出月光；花儿也会呼吸，它呼出花香；金鱼也会呼吸，它吐出宝石——一串串气泡哇！最后一句诗是一个比喻，"像童话里那个可怜的女孩一样"，我们就知道：月亮、花儿、金鱼，都是人。金子美铃是个苦命的日本童话诗人，也许她就是把自己比作"金鱼"呢。

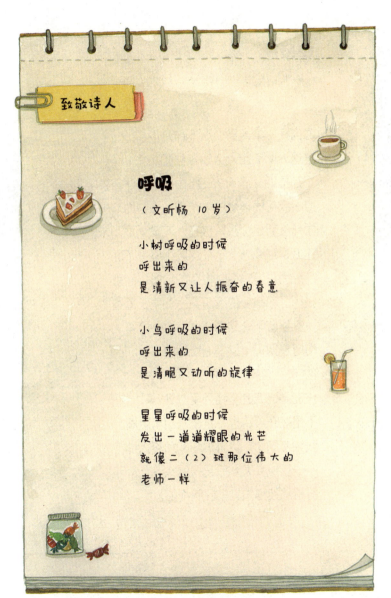

致敬诗人

呼吸

（文昕杨 10岁）

小树呼吸的时候
呼出来的
是清新又让人振奋的春意

小鸟呼吸的时候
呼出来的
是清脆又动听的旋律

星星呼吸的时候
发出一道道耀眼的光芒
就像二（2）班那位伟大的
老师一样

惊奇

[波] 维斯瓦娃·辛波斯卡　林洪亮 译

为何在一个人身上这样过分？
是这人而非别人？我为何在此？
是在星期二这天？在屋里而不是在空巢中？
身披皮毛而非鳞片？长着一张脸而非一片树叶？
为什么我这个人只存在一次？
正好是在地球上？在这颗小星星下面？
在经历了没有在此生存的众多世纪里？
经历了那样多的沧海桑田和生长繁殖？
所有那些甲壳动物？所有那些星座？
恰好是现在？又是如此彻底？
独自一人在家？为什么不是
住在隔壁或者相距百里之外？
不是在昨天，也不是在一百年以前。
我生在这里，望着黑暗的角落。
——正像我突然抬起了额头，
盯着那被称为狗的狂吠乱叫。

点评

　　惊奇，常常由问题引发出来。这首诗不只是一个问题，而是十八个问题。每一个问题就是一个惊奇。我们的生活充满了惊奇，最大的惊奇，也许就是这一行诗句："为什么我这个人只存在一次？""存在"这个词，如果翻译成"活"，也许会让人感到更亲切。

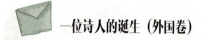

论孩子

[黎] 纪伯伦　冰　心　译

你们的孩子，都不是你们的孩子
乃是生命为自己所渴望的儿女。
他们是借你们而来，却不是从你们而来
他们虽和你们同在，却不属于你们。
你们可以给他们爱，却不可以给他们思想。
因为他们有自己的思想。
你们可以荫蔽他们的身体，却不能荫蔽他们的灵魂。
因为他们的灵魂，是住在明日的宅中，那是你们在
　　梦中也不能想见的。
你们可以努力去模仿他们，却不能使他们来像你们。
因为生命是不倒行的，也不与昨日一同停留。
你们是弓，你们的孩子是从弦上发出的生命的箭矢。
那射者在无穷之间看定了目标，也用神力将你们引
　　满，使他的箭矢迅速而遥远地射了出来。
让你们在射者手中的弯曲成为喜乐吧。
因为他爱那飞出的箭，也爱了那静止的弓。

一位诗人的诞生（外国卷）

点评

　　这首诗是写给大人的。每一个大人，尤其是当了爸爸妈妈的大人，都应该读一读。这能启示他们去理解与孩子之间的关系。孩子是爸爸妈妈生的，但"不属于"爸爸妈妈！这首诗的道理很简单，但能真正领悟这个道理的父母，其实并不多。这首诗写得不够生动，议论太多，分析太多！我们读懂道理，就可以了。

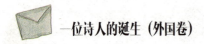

蚂蚁和蝉

[法]格 诺 树 才 译

一只蚂蚁顺着一根
柔软的草往上爬
它没有意识到

这项工作该有多难
这可怜的小顽固
沉浸在狂热的计划中
对于它这就是一座高山
对于它这就是白朗峰

该发生的都发生了
蚂蚁啪嗒一声摔下来
一只蝉接住了它
用它友好的怀抱

唉它说这可不是
滑雪的季节
（你没摔疼吧？）
现在让我们跳舞吧
跳一支布雷舞或者探戈

一位诗人的诞生（外国卷）

点评

　　蚂蚁是蚂蚁，蝉是蝉。蚂蚁爬，蝉鸣叫，它们有什么亲戚关系吗？看上去没有。但实际上有。一只蚂蚁顺着一根草，一点儿一点儿往上爬……草软软的，蚂蚁的重量压得它摇摇晃晃……危险啊！果然，蚂蚁摔下来了！幸亏"一只蝉接住了它／用它友好的怀抱"。瞧，这可比亲戚关系还要亲呢！蝉不光救助了这只蚂蚁，它还会说话呢——它建议蚂蚁同它一起"跳一支布雷舞或者探戈"。

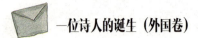
梦

[美]兰斯顿·休斯　黄杲炘　译

紧紧抱住梦；
要是梦死亡，
生活便是断翅鸟
再也不能飞翔。

紧紧抱住梦；
要是梦离开，
生活就是片荒地
被冰雪覆盖。

一位诗人的诞生（外国卷）

点评

　　读了这首诗，我们就知道：梦有多么重要！梦是人能够"飞翔"的翅膀。让我们"紧紧抱住梦"吧，像无助时抱紧我们的身体。梦是我们抱得住的东西吗？如果我们有一颗幻想的心，梦就在我们身上找到家了。

一位诗人的诞生（外国卷）

致敬诗人

朋友

（陈韵琨　10岁）

紧紧拉住朋友的手
要是她离去
生活就不再香甜
我也会孤独

紧紧拉住朋友的手
要是我走开
她的生活会很伤心
她也会孤独

生活

[美]德尼斯·莱维托芙　梅申友　译

火，在草和叶里燃烧，
那么绿，似乎
每个夏日都是最后的夏日。

风儿摆动，叶子
在阳光下颤动，
每一天都是最后一天。

一只红色的蝾螈
如此冰凉，如此
易捉，像是在梦里
移动着它那纤细的脚趾
和长尾。我张开
手，让它爬走。

每一刻都是最后一刻。

 点评

  我们都在生活。"生活"这个词包罗万象。如果生活是一个箩筐，那么我们的一生都在它里面。生活，也许就是生活着的一切。火、草、叶，一起燃烧成绿……风儿、叶子、阳光，在一起颤动……还有红色的蝾螈，它的脚趾和长尾巴……这一切都是生活把自己呈现出来，这一切又都活在"时间之中"。时间永远是：一边呈现，一边消失。生活啊，你离不开时间的尺子。

致敬诗人

南方春天

（陈邝达 12岁）

叶，在嫩芽和落叶间更替
南方的树，似乎
每个春天都是崭新的一天

和风亲吻，叶芽
在细雨下成长，
每一天都是绿叶的崭新的一天

一只游遍南北的燕子
并不惊讶，并不好奇，
落叶在北方意味秋天
而在南方是春天。
南方春天，绿叶鲜花
同时，也接纳落叶归根。

南方春天每一片落叶都是新叶的开始。

目光

[伊朗] 埃姆朗·萨罗希　穆宏燕 译

我骑上我的目光
从窗户飞出去
到了一座山，山麓上铺满了雪
与我絮絮叨叨

天气很冷
我生起一堆火
我看见你在那里，在那淡影中
世界在一滴水中倒悬

我骑上我的目光返回

一位诗人的诞生（外国卷）

点评

　　我们都知道马可以"骑"，却不知道"目光"也可以骑！这就是诗人了不起的想象。萨罗希是伊朗诗人，我同他一起喝过酒，还看见他骑过驴子，那只驴子被他的身体压得有点走不动，于是他就再也不肯骑了。在他的眼里，目光本身就是马吧。确实，是目光载着我们到处跑！这句诗写得惊人："世界在一滴水中倒悬"。地球圆圆的，在浩瀚宇宙里，不就像"一滴水"吗？因为目光是马，你想返回就返回了。

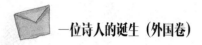

鸟儿死去的时候

[俄] 伊万·日丹诺夫　刘文飞 译

鸟儿死去的时候，
它身上疲倦的子弹也在哭泣，
那子弹和鸟儿一样，
它唯一的希望也是飞翔。

点评

　　这首诗我每次读，内心都惊叹：一粒击中鸟儿的子弹，居然也会"哭泣"！这首诗如果换一个题目，可以叫《哭泣的子弹》。这么说来，鸟儿在飞，子弹也在飞，它们是偶然撞到一起的！诗人的想象真是奇特：飞翔竟是夺走鸟儿生命的子弹的"唯一的希望"！我只是希望，以后再没有一粒子弹撞到鸟儿：子弹，你就飞你的，不许飞到鸟儿身上去！

一位诗人的诞生（外国卷）

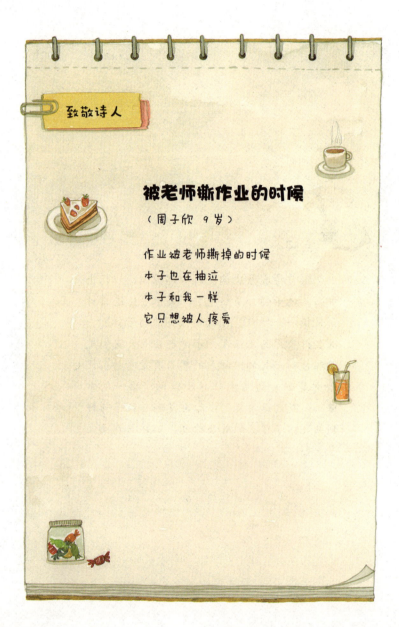

致敬诗人

被老师撕作业的时候

（周子欣 9岁）

作业被老师撕掉的时候
本子也在抽泣
本子和我一样
它只想被人疼爱

诗歌

[智]巴勃罗·聂鲁达　胡续东 译

就是在那个年月……诗歌跑来找我。
我不知道，
我不知道它来自何方，来自冬天还是来自河流。
我不知道它是怎样、它是何时到来的，
不，它们不是声音，
它们不是词语，也不是寂静，
但是，从一条街道上传来对我的召唤，
从夜晚的枝条上，
极其突然地从他人身上，
在猛烈的火焰或返程的孤独之中，
它触到了我，而我
没有面孔。

我不知道该说些什么，
我的嘴无法命名事物
我的眼睛顿失光明，
而某种东西，热病或是丢失的翅膀，
在我的灵魂里起身，

我找到了自己的方式
去破译那火焰
并写下了第一行懒散的诗，
懒散得没有筋骨，只是胡言乱语，
只是一个什么都不知道的人
的智慧，
突然间，我看见脱了壳的、敞开的
天堂，行星，颤动的森林，
镂空的阴影，箭矢组成的谜语，
火焰和花，
席卷一切的夜晚，万物。

而我，无限小的存在，
在布满星辰的巨大空虚中、
在相似物和神秘的影像之中沉醉，
我感觉自己纯粹是深渊的一部分。
我随星辰的滚动而前行，
我的心从风中松绑而去。

一位诗人的诞生（外国卷）

点评

　　这是一首谈论诗歌的诗。它似乎想证明：诗歌是自己"跑来找我"的，而不是我跑去找它的。但"我"是谁？这个"我"居然"没有面孔"。一首诗是突然之物，神秘之物，它是"在我的灵魂里起身"，最终"我的心从风中松绑而去"——飞了！对了，诗人是在飞翔的状态中写诗的。诗歌写出了诗人灵魂的飞翔状态。

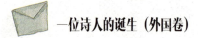
俳句两首（一）

〔日〕松尾芭蕉　叶渭渠 译

闲寂古池旁，
青蛙跳进水中央，
扑通一声响。

 82

83

一位诗人的诞生（外国卷）

点评

  这是日本俳圣松尾芭蕉的一首名作，日本人没有不知道的。我觉得，中国人也没有不知道的了，因为叶渭渠先生译得非常好，译文本身就是一首很好的古诗：五言一句，七言一句，又五言一句。这首诗，我一个字也不想解释，因为一解释，你们就听不见"扑通"了！好好听吧，闭上眼睛听，是读这首诗的最好方法。

俳句两首（二）

[日] 小林一茶　树　才 译

我知道世界
像露水一样短暂
然而啊然而

一位诗人的诞生（外国卷）

点评

　　小林一茶是我最喜欢的日本古代诗人。他一生很苦，领悟生活很深。他说他明白这个世界是怎么回事了。但是，明白了又怎么样？明白了就能改变世界吗？……不，明白了只是明白了。最后一行诗是诗人的觉悟："然而啊然而"……尽在不言中啊！一首好诗，就是透过"言"抵达"不言"的沉默之境。但愿我们能明白一点儿小林一茶的"明白"……

一位诗人的诞生（外国卷）

致敬诗人

俳句（两首）

（林文晞 10岁）

一

繁忙地铁站，
人们钻进地铁里，
挤得嗷嗷叫。

二

我知道时间
像人们跑步比赛一样
流逝，不能回头
然后啊然后

山上的风

[英]A.A.米尔恩　屠　岸 译

没人告诉我，
也没人知道：
风从哪儿来，
风往哪儿跑。

风从一个地方来，
飞得快，飞得急，
我跟不上风的步子，
跑也来不及。
可要是我站着抓住
风筝的一根线，
风筝就随风飘去，
飘一天，飘一晚。
无论风筝飘到哪儿，
只要我找得见，
我知道风准定
也到了那边。
我就能告诉人们
风往哪儿跑……
可风从哪儿来，
谁也不知道。

89

点评

"风从哪儿来，风往哪儿跑？"我们小时候都这么问过自己，尽管得不到答案。这首诗提供了答案。一开始宽泛地写，出现"风筝"后，才进入细节，诗也变得生动。"风筝"飘到哪儿，风好像也就跟着飞到了哪儿。看不见的风，需要看得见的风筝来衬托。但是，"风从哪儿来？"诗人诚实地回答："谁也不知道。"也许你知道呢。

人间的爱

（王安之 10岁）

没人告诉我，
也没人知道：
爱从哪儿来，
爱往哪儿去。

爱从很多地方涌过来，
来得快，来得急，
我跟不上爱的翅膀，
来不及一个个拥抱。
可要是我坐着抓住
父母的手，
心就随爱飘去。

一位诗人的诞生（外国卷）

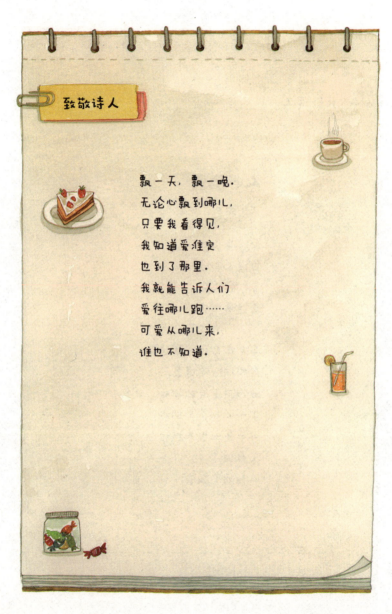

致敬诗人

飘一天，飘一晚。
无论心飘到哪儿，
只要我看得见，
我知道爱准定
也到了那里。
我就能告诉人们
爱往哪儿跑……
可爱从哪儿来，
谁也不知道。

如果白昼落进……

[智] 巴勃罗·聂鲁达　陈光孚 译

每个白昼
都要落进黑夜沉沉
像有那么一口井
锁住了光明。

必须坐在
黑洞洞井口的边沿
要很有耐心
打捞掉落下去的光明。

点评

  又是以"如果"开头的一首诗！可见，写诗是离不开"如果"的。离开了"如果"，诗就失去了翅膀。白昼落进黑夜，在诗人的想象中，就像一口井把光明锁住了。怎样才能重获光明呢？我们只好坐在井口的旁边，耐心地从井里"打捞"……想象吧！诗人的想象，我们也只能用想象去呼应。

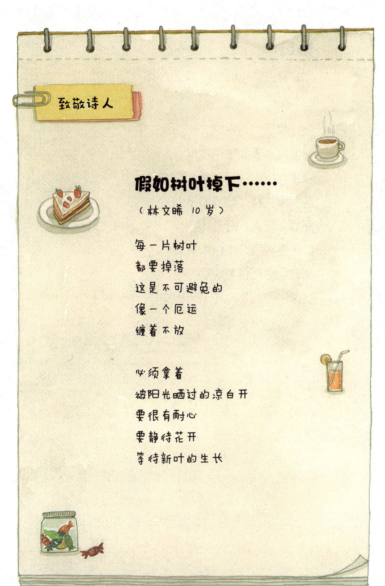

致敬诗人

假如树叶掉下……

（林文晞 10岁）

每一片树叶
都要掉落
这是不可避免的
像一个厄运
缠着不放

必须拿着
被阳光晒过的凉白开
要很有耐心
要静待花开
等待新叶的生长

95

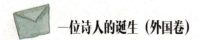

善良

[比] 莫里克·卡列姆　阎　颖 译

要是苹果只有一个，
它准装不满大家的提篮。
要是苹果树只有一棵，
挂苹果的树丫也准覆不满一园。
然而一个人，要是他把
心灵的善良分散给大家，
那就到处都会有明丽的光，
就像甜甜的果儿挂满了果园！

点评

  "要是"也是如果的意思，这么翻译，语气上更口语一些。从一个苹果、一棵苹果树，写到一个人的善良。善良是看不见的，但通过苹果和苹果树，我们就看见善良了——原来"心灵的善良"可以"分散给大家"。这首诗写了分享、付出、无私——这就是"善良"的含义。诗写得不算很好，但道理很好。

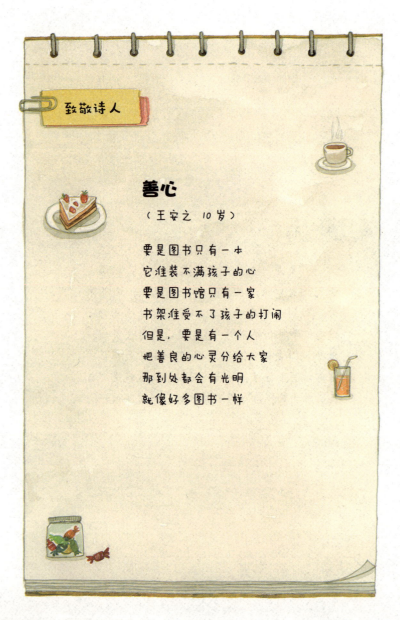

致敬诗人

善心

（王安之 10岁）

要是图书只有一本
它准装不满孩子的心
要是图书馆只有一家
书架准受不了孩子的打闹
但是，要是有一个人
把善良的心灵分给大家
那到处都会有光明
就像好多图书一样

上帝的事

特蕾莎修女　佚　名 译

人们不讲道理、思想谬误、自我中心，
不管怎样，还是爱他们；

如果你做善事，人们说你自私自利、别有用心，
不管怎样，还是要做善事；

如果你成功以后，身边尽是假的朋友和真的敌人，
不管怎样，还是要成功；

你所做的善事明天就会被遗忘，
不管怎样，还是要做善事；

诚实与坦率使你容易受到欺骗和伤害，
不管怎样，还是要诚实与坦率；

你耗费数年所建设的可能毁于一旦，
不管怎样，还是要建设；

人们确实需要帮助，如果你帮助他们，却可
能遭到攻击，
但不管怎样，还是要帮助；

将你最好的东西献给世界，可能永远不够，
不管怎样，还是要将最好的东西付出！

说到底，它是你和上帝之间的事，
这绝不是你和他人之间的事。

点 评

　　这首诗其实是一大段话。整首诗都围绕一个光源舞蹈：爱。爱谁？爱他们。去做善事，因为善事包含着爱。这样做会遭遇很多困难，所以，诗多次重复这个句式：不管怎样，还是要……这首诗讲到了上帝，又说这些都是"你和上帝之间的事情"。上帝是谁？上帝在哪里？……特蕾莎修女做了回答。读这首诗，我们必须了解特蕾莎修女，她是谁，她是怎样生活的。只有特蕾莎修女这样的圣人，才能写出这样闪闪发光的心里话。把心里话视作诗，我赞同。

致敬诗人

我的事

（贾茗翔 10岁）

写作文有时困难，
不管怎样，还是要常写作文。

运动有时让我很累，
不管怎样，还是要运动。

有时饭菜不好吃，
不管怎样，还是要吃饭。

冬天穿衣服很麻烦，
不管怎样，还是要穿衣服。

致敬诗人

作业很多又难，
不管怎样，还是要写作业。

有时我们一点儿也不困，
不管怎样，还是要睡觉。

说到底，
它是你自己的事，
绝对不是你和上帝的事。

什么是诗

[英] 依尼诺·法吉恩　佚　名 译

什么是诗？谁知道？
玫瑰不是诗，玫瑰的香气才是诗；
天空不是诗，天光才是诗；
苍蝇不是诗，苍蝇身上的亮闪才是诗；
海不是诗，海的喘息才是诗；
我不是诗，那使得我看见听到感知某些散文
无法表达的意味的语言才是诗。
但是什么是诗？谁知道？

点评

　　想知道"什么是诗"，读一读这首诗吧。我读到过不少关于"诗是什么"的诗作，但我敢说，这首诗触到了根本点：所有概念式的命名都与诗无关，活的、动的，哪怕肉眼看不见的生命状态，才是诗。诗是用语言形式表达出来的生命感觉，就像光。但究竟"什么是诗？"谁能知道呢？可见，诗不是什么"可知道之物"！依我看，用心去写，就是了！写着写着，你总会明白一些。

致敬诗人

什么是灵感

（陆子悦 9岁）

什么是灵感？
是在马桶上寻找方向；
什么是马桶？
是让人感觉一瞬间舒畅的地方；
什么是舒畅？
是一切都平静的时候；
什么是平静？
是忘记了作业，
任由自己的思想天马行空。

神秘

[墨]奥克塔维奥·帕斯　赵振江 译

天空在闪光，闪光，
正午在闪光，
可我却看不见太阳。

从现场到现场，
一切都很透亮，
可我却看不见太阳。

我在透明中迷失，
从反射到光芒，
可我却看不见太阳。

他在光亮中赤裸，
向每一个辉煌，可是
却看不见太阳。

 一位诗人的诞生（外国卷）

 **点评**

　　每一首诗里都有神秘。神秘在哪里呢？我们看得见它吗？这首诗以矛盾的方式做了回答。是的，每一种神秘都包含着矛盾。"太阳"——我们谁没看见过呢？我们好像都看见过。但其实，我们只看见过"闪光"的东西，真正的太阳隐在光芒和光亮的后面，不被肉眼"看见"。神秘是看不见的。神秘有一种不让自己被人看见的力量，比如太遥远、太炽热的太阳。

诗篇

[美] 威廉·卡乐斯·威廉斯　袁可嘉 译

就像猫
爬过
果酱柜

的顶部
小心地
先伸出

右前脚
接着后脚
停下去

到空空的
花钵的

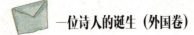

点评

　　诗歌神秘得比神秘还神秘，但一首首具体的诗篇却具体得不能再具体——它"就像猫／爬过／果酱柜／的顶部……"而且，是这只猫，不是那只猫。生活世界的每一个细节，都可能生出一首诗来。一首诗也许就是细节本身：被诗人看见，被诗人写出。

石头

[日]金子美铃　金　重 译

昨天，你把
一个孩子绊倒了，
今天，又绊倒一匹马。
明天又会是谁呢?

石头，躺在
乡村小路上，
一片红色的晚霞里，
你一声不吭。

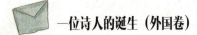

点评

金子美铃的诗太有童心了，她简直就是一个孩子。石头，不起眼的一块石头，在她的眼里，在她的想象中，在她的理解里，却那么有灵！是诗人把灵性赋予了石头，还是石头本身就有灵性？也许，是诗人最懂石头在做什么吧。

一位诗人的诞生（外国卷）

致敬诗人

粗鲁的人

（祝 睦 10岁）

上节课，你把
一位同学绊倒，
这节课，又绊倒一盆植物，
下节课又会是什么呢？

粗鲁的人，坐在
温暖的教室里，
他一声不吭。

113

手

[阿根]胡安·赫尔曼　姚　风 译

你别把手放进水里
它会像鱼一样游走
你别把水放进手里
这会引来大海
还有岸

就让手顺其自然
在自己的空气中
在手中
没有开始
没有结束

点评

　　手，我们都有，不是一只，而是一双！读这首诗时，我不禁看了看自己的手，好像它们突然拥有了某种魔力。手，被我们拥有，却保持着它自己的魔力！哈哈，我可不愿意让我的手"像鱼一样游走"，我更想让一条鱼游到我伸入水中的掌心里：它啄了啄我的掌心，留下一阵小小的刺痒，然后又游走了。

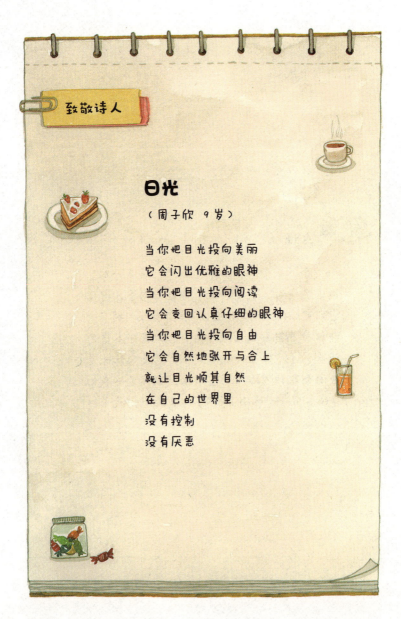

致敬诗人

目光

（周子欣 9岁）

当你把目光投向美丽
它会闪出优雅的眼神
当你把目光投向阅读
它会变回认真仔细的眼神
当你把目光投向自由
它会自然地张开与合上
就让目光顺其自然
在自己的世界里
没有控制
没有厌恶

一位诗人的诞生（外国卷）

致敬诗人

泡泡

（杨荔媛 11岁）

你别把泡泡吹在风中
它会像断线的风筝一样飘走
你别把泡泡吹在林中
这会引来"啪啪"响声
然后消失

就让泡泡自由自在
在安静的空气中
在我们眼中
不会消失
不会存在

117

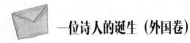

他能……

[荷]扬·阿伦茨 柯 雷 译

他能
每天睡
二十四小时。

是的
他能
每天睡
二十四小时。

没有哪个看守
能叫醒他。

没有哪个护士
能叫醒他。

他能
每天睡
二十四小时。

他享有
死亡的特权。

 118

一位诗人的诞生（外国卷）

点评

这首诗用一句平常人的话说，就是：他死了。但诗人却能把这三个字写得那么不动声色，那么惊心动魄。这就是诗的语言的力量。这种写法的背后，是诗人对生与死的豁达态度：睡了能醒，是活人，当然好；永远睡着了，再不能醒来，也很自然。

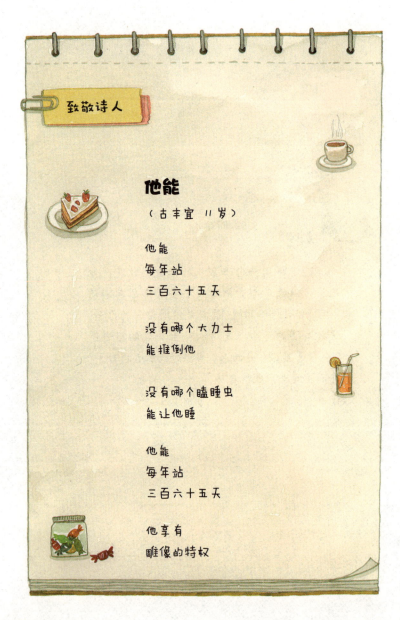

致敬诗人

他能

（古丰宜 11岁）

他能
每年站
三百六十五天

没有哪个大力士
能推倒他

没有哪个瞌睡虫
能让他睡

他能
每年站
三百六十五天

他享有
雕像的特权

温柔颂

[波] 亚当·扎加耶夫斯基　李以亮 译

早晨是盲目如初生的猫。
手指甲是那样忠实地生长，有一会儿
它们不知道会碰到什么。梦
是柔和的，温柔隐隐靠近我们
像雾，像克拉科夫大教堂的钟声
在它冷却之前。

点评

　　没有比"温柔"更值得赞颂的事物了！哪里有温柔，哪里就有爱。这首诗创造了一个温柔的氛围，在这种氛围下，猫、手指甲、梦、雾……都染上了一种温柔的气质。诗人有神奇的想象："隐隐靠近我们"的温柔，居然"像克拉科夫大教堂的钟声"！钟声飘入空中，渐渐变冷，那么"温柔"呢，它也会淡化并消失吗？不，钟声会再次敲响。而"温柔"也将重新从心中涌起。

致敬诗人

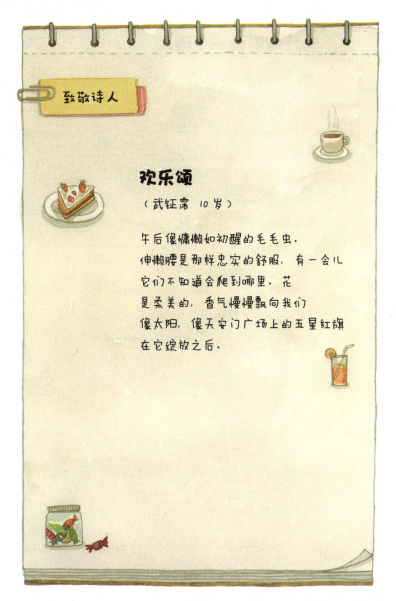

欢乐颂

（武钲霈 10岁）

午后像慵懒如初醒的毛毛虫，
伸懒腰是那样忠实的舒服，有一会儿
它们不知道会爬到哪里。花
是柔美的，香气慢慢飘向我们
像太阳，像天安门广场上的五星红旗
在它绽放之后。

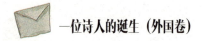
为什么要做一个诗人

[法]班纳德·洛林　江伙生 译

亲爱的先生，怎么样才能成为一个诗人？

您最好去请教大风，问它为什么啸鸣，
请教大地，问它为什么震动，
请教海洋，问它为什么波涛汹涌，
或者去讨教于火山，
问它如何精心筹划自己的岩熔。

即使您给我带来了它们的答卷，
而我，还是不知道如何将这个谜底猜中。

点评

　　诗人提出这个问题，自己却回答不了。实际上，每一个真正的诗人，他／她一生的所作所为，就是对这个问题的最好回答。诗人指点我们："去请教大风！"大自然是诗人的老师。人类的一切行为，也许都是在努力模仿和领会大自然吧——它们的背后隐藏着神的创造！

一位诗人的诞生（外国卷）

致敬诗人

为什么要做一位作家

（武钲霈 10岁）

您好，怎么样才能成为一位作家？

您最好去请教水杯，问它为什么
　　可以装水，
请教毛巾，问它为什么能吸水，
请教储物盒，问它为什么能装东西，
或者去讨教于电动牙刷，问它如
何精心修饰我们的牙齿。

尽管您告诉了我答案，
但是，我还是迷茫答案是否正确。

126

我的灵魂是张弦琴

[德]尼 采 梁宗岱 译

我的灵魂是张弦琴，
给无形的手指轻弹。
对自己偷唱
一支画艇的歌，
为了彩色的福乐颤抖着。
——有人在听么？

点评

　　我同意这种说法：灵魂是一张琴（先不管是什么琴吧）。这种说法出自大哲学家尼采之口。正是他写了这首诗。他为什么写这首诗呢？也许他听见了自己灵魂的琴声！什么样的手指才能弹奏灵魂这张琴呢？只能是"无形的手指"！尽管是"偷唱"，诗人却关心："有人在听么？"当然有人——作者自己啊！此刻，我们也在听。我们写诗，有时候也禁不住会问："有人会读吗？"

致敬诗人

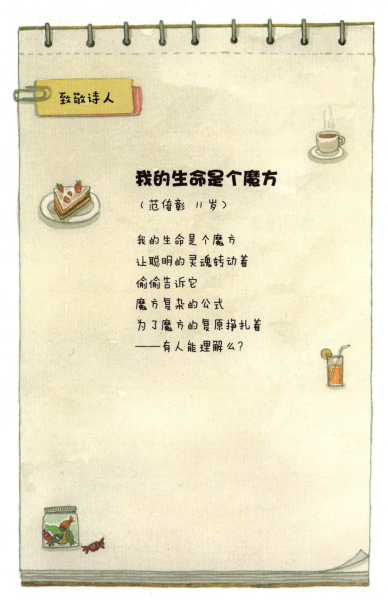

我的生命是个魔方

（范倚彰 11岁）

我的生命是个魔方
让聪明的灵魂转动着
偷偷告诉它
魔方复杂的公式
为了魔方的复原挣扎着
——有人能理解么？

我的要务

[法]亨利·米修　杜青钢　译

我很难看见人而不想揍他一顿。别人爱搞内
心独白，我不，我爱动手打人。

饭馆里，常有人坐在我对面，什么也不说，
过了片刻，他们决定吃饭。

瞧！正好来了一个。

哈，我替你抓住他，一敲，梆！

又抓起他，一敲，梆！

把他挂在衣架上。

取下来，

又挂上。

再取下来，

搁在桌上，

铺平，压得扁扁的。

弄脏，泡湿。

他又活了过来。

在水里洗一下，把他拉长（我有些不耐烦了，
　　想尽快了结），按他，揉他，把他塞进杯子里，

然后公然倒在地上，对茶房喊一声："给我
　　拿只干净的杯子来！"

可是，我浑身不自在，付完账，急忙走了出去。

一位诗人的诞生（外国卷）

点 评

　　"要务"这个词，我没查法文原文，但汉语译成这样，实在有点偏僻。这首诗像是一出滑稽的荒诞剧！我还以为真"打人"呢，原来打的是一身"衣服"。它写什么呢？也许什么都写了，也许什么都没写。我们读着，觉得好玩，挺荒诞的，那就行了。

一位诗人的诞生（外国卷）

致敬诗人

发怒的周老师

（王明熹 11岁）

今天，周老师发怒了
因为某个大胆的家伙一周没写诗
随后就是"暴风雨前的寂静"
周老师死盯着那个家伙
眼中的火光把那个人烤得滋滋冒油
随着霸王龙的咆哮声，火山爆发了
没写诗的那个人在岩浆中丧生了
等到"词语炮弹"践踏完尸体后
世界平静下来了
那人刚"满血复活"就急忙写诗赎罪了

关于道路

[叙]阿多尼斯 树 才 译

夜是纸——我们是
墨水:

"朋友，你画了一张脸还是一块石头？"
"朋友，你画了一张脸还是一块石头？"

我没有回答，
她也没有。我们热爱
寂静——她没有道路
就像我们的爱没有道路。

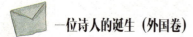

点评

  阿多尼斯是当代阿拉伯世界的大诗人、思想家，同时他还画画。这首诗应该是谈论他的画的。他到中国访问了好几次，发现了中国墨水的妙处，也画起水墨画来。在他的眼里，"夜"是一张纸，而"我们"是墨水——我们的生活都画在夜晚这张画里了。一张画究竟画了什么？他并不言明。他只说："我们热爱寂静"，而寂静"没有道路"。生命的意义，是一种探索吧。

关于音乐

（范倚彰 11岁）

大地是乐章
我们是音符

"同学，你唱的是青春还是快乐？"
"同学，你唱的是青春还是快乐？"

我唱起了歌
她也哼起了调
我们热爱歌唱
共同谱写一份欢乐的乐章

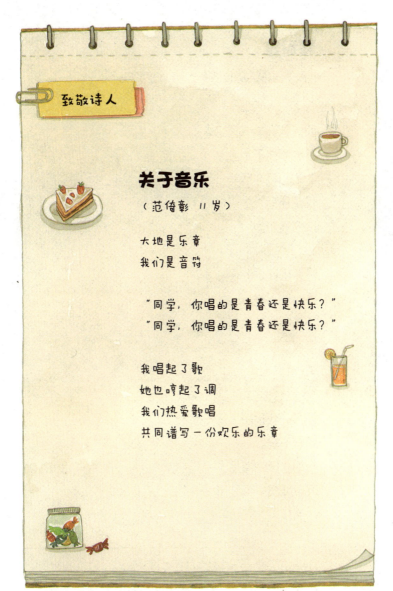

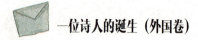

我是谁

[意]阿尔多·帕拉采斯基　吕同六　译

我，或许是一名诗人？
不，当然不是。
我的心灵之笔
仅仅描写一个奇怪的字眼——
"疯狂"。

我，也许是一名画家？
不，也不是。
我的心灵的画布
仅仅反映一种色彩——
"忧愁"。

那么，我是一名音乐家？
同样不是。
我的心灵的键盘
仅仅弹奏一个音符——
"悲哀"。

我……究竟是谁？
我把一片放大镜
置于我的心灵前
请世人把它细细地
察看。

我是谁？
——我的心灵驱使的小丑。

点评

　　我们都问问自己吧：我是谁？这首诗的
回答是，我也许是（也许不是）一名诗人，
一名画家，一名音乐家……但可以肯定的是，
我感受并表达了"疯狂""忧愁""悲哀"。
前者只是名称，后者却是内容。诗人得出的
结论是：我是"我的心灵驱使的小丑"。这
个小丑只听从"心灵"这个主人。确实，一
切都源于心。

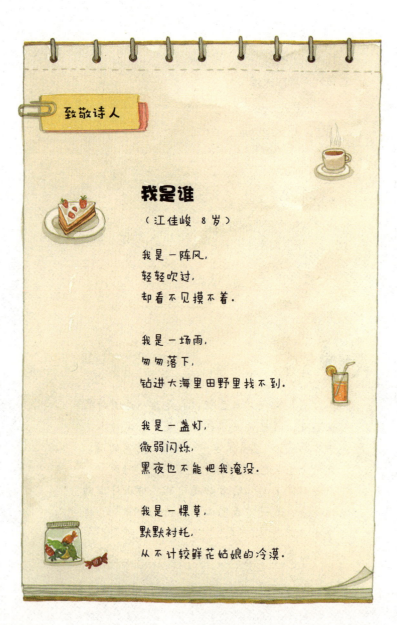

致敬诗人

我是谁

（江佳峻 8岁）

我是一阵风，
轻轻吹过，
却看不见摸不着。

我是一场雨，
匆匆落下，
钻进大海里田野里找不到。

我是一盏灯，
微弱闪烁，
黑夜也不能把我淹没。

我是一棵草，
默默衬托，
从不计较鲜花姑娘的冷漠。

致敬诗人

我是一只蜗牛，
慢慢爬着，
不在意别人的炫耀和对我的眼光。

我是一只蚂蚁，
忙忙碌碌，
小小的碎屑都让我欣喜若狂。

我是渺小而平凡的，
但我也希望有个梦想。

想想别人

[巴勒斯坦] 穆罕默德·达维什　曹疏影 译

当你做早餐时想想别人，
别忘了喂鸽子。
当你与人争斗时想想别人，
别忘了那些想要和平的人。
当你付水费单时想想别人，
想想那些只能从云中饮水的人。
当你回家，回你自己的家时，想想别人，
别忘了那些住在帐篷里的人。
当你入睡点数星辰的时候想想别人，
还有人没有地方睡觉。
当你用隐喻释放自己的时候想想别人，
那些丧失说话权利的人。
当你想到那些遥远的人们，
想想你自己，然后说：
　"我希望自己是黑暗中的蜡烛。"

一位诗人的诞生（外国卷）

点评

　　在这个世界上，除了"我"，就是"别人"了。我们活着，如果只想着"自己"，那就太自私了，肯定成就不了一颗伟大的"同情心"。这首诗告诉我们："想想别人"。只有这样"我"才能被我理解。"我"在别人眼里，不就是一个"别人"吗？大诗人阿多尼斯曾赠给我一幅书法作品，用阿拉伯文写的，意思就是："他者就是你自己"。

小小的痛苦

[葡] 罗伊·西纳蒂　王央乐 译

这个花园里的那些星星
要比那些
坐在我旁边的人更近。

星星的闪光。
人们交谈着
相互之间。
这个花园里
交谈着的人们
听不见寂静，

而那些星星
却交谈在我附近。

点评

　　痛苦，其实没有小的。又痛又苦，怎么会是"小小的"呢？肯定是大大的。"小小的痛苦"，这种表达法，反而把"痛苦"放大了。人们交谈，彼此听不懂，星星那么遥远，其实也在交谈，却"比那些坐在我旁边的人更近"。远和近。听见和听不见。这不正是人类"大大的痛苦"吗？

致敬诗人

星空之夜

（林文晞 10 岁）

今夜
繁星点点，
星星亮闪闪，
旁边的人似乎消失了，
星星有多亮啊

大家抬着头
向天空望去，
今天
星星真美，
大家停下在做的事
议论着
这一刻
没有寂静

需要什么

[意] 贾尼·罗大里　佚　名 译

做一张桌子，
需要木头；
要有木头，
需要大树；
要有大树，
需要种子；
要有种子，
需要果实；
要有果实，
需要花朵；
做一张桌子，
需要花一朵。

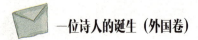 一位诗人的诞生（外国卷）

 点评

　　这首诗单纯靠"追问"写成。追问下去，因果的链条就显露出来了。我们抓住一个事物，也试着追问出一首诗来吧。

鸭子

[南斯拉夫] 波　帕　柴盛萱 译

在鱼儿不敢涉足的土地上
鸭子一溜歪斜地行走着
它的两翅上还带着
滚动的水珠

笨拙的鸭子
缓缓地一溜歪斜地行走着
一根被人操纵的芦苇
反正会追上它

它在地上行走
永远
永远也不能
像在湖里划水那样
潇洒自如

点评

　　这首诗写得生动！鸭子"在地上行走"的样子，就是这么"笨拙"。但在水里它游得多么自在啊！鸭子就该在水里"行走"，而不是在地上，更何况，后面还有"一根被人操纵的芦苇"追着它。这首诗的寓意挺深的。

致敬诗人

北极熊

（王梓晨　10岁）

在企鹅不愿涉足的南方动物园里，
北极熊一溜歪斜地行走着，
它的眼中，
还带着对冰雪的渴望。

笨拙的北极熊，
缓缓地一溜歪斜地行走，
行走在南方动物园里，
孩子们的欢笑声，
围绕着它。

它在南方动物园里行走着，
永远
永远也不能
像在北极，
那样潇洒自在。

149

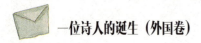

哑孩子

[西]加西亚·洛尔迦　戴望舒 译

孩子在找寻他的声音
（把它带走的是蟋蟀的王）
在一滴水中
孩子在找寻他的声音

我不是要它来说话
我要把它做个指环
让我的缄默
戴在他纤小的指头上

在一滴水中
孩子在找寻他的声音

（被俘在远处的声音
穿上了蟋蟀的衣裳）

一位诗人的诞生（外国卷）

点评

　　"哑孩子"和"声音"，这中间有一种对立。哑，就是用嘴说话却发不出声音的意思。诗，就是要写对立，因为对立物之间产生意义的张力。那么"声音"去哪儿了呢？"在一滴水中／孩子在找寻他的声音"，不是别的（或别人的）声音，而是"他的声音"——发不出声音的哑孩子的"声音"。这首诗单纯得透明。"让我的缄默／戴在他纤小的指头上"。只有戴望舒这样的大诗人，才能译出这么奇妙的句子。

151

眼睛

[罗] 马林·索雷斯库　高　兴 译

我的眼睛不断扩大，
像两个水圈，
已覆盖了我的额头，
已遮住了我的半身，
很快便将大得
同我一样。

甚至比我更大，
远远地超过我：
在它们中间
我只是个小小的黑点。

为了避免孤独
我要让许多东西
进入眼睛的圈内：
月亮、太阳、森林和大海，
我将和它们一起
继续打量世界。

一位诗人的诞生（外国卷）

点评

　　"我的眼睛""像两个水圈"。诗一开头，就吸引了我的眼睛。第一、二节，写得很神奇。第三节就弱化了，但也许有人持反向的说法——强化了（或者说升华了）前面的想象。这首诗的含义是辽阔的：世界就在眼睛里，眼睛包含了世界。

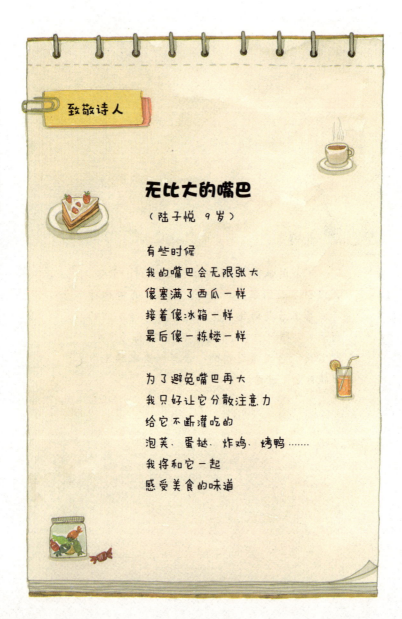

致敬诗人

无比大的嘴巴

（陆子悦 9岁）

有些时候
我的嘴巴会无限张大
像塞满了西瓜一样
接着像冰箱一样
最后像一栋楼一样

为了避免嘴巴再大
我只好让它分散注意力
给它不断灌吃的
泡芙、蛋挞、炸鸡、烤鸭……
我将和它一起
感受美食的味道

要造就一片草原

[美] 艾米莉·狄金森　江　枫 译

要造就一片草原，
只需要一株苜蓿，
一只蜂，
一株苜蓿，
一只蜂，
再加上白日梦。

有白日梦也就够了，
如果找不到蜂。

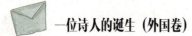

点 评

　　人们夜里做梦，但只有诗人，大白天也做梦——"白日梦"！这首诗暗示我们：所有美妙、辽阔的事物（比如"一片草原"），都不能缺少白日梦。梦，造就一切，也包括造就了美国天才女诗人狄金森。

一位诗人的诞生（外国卷）

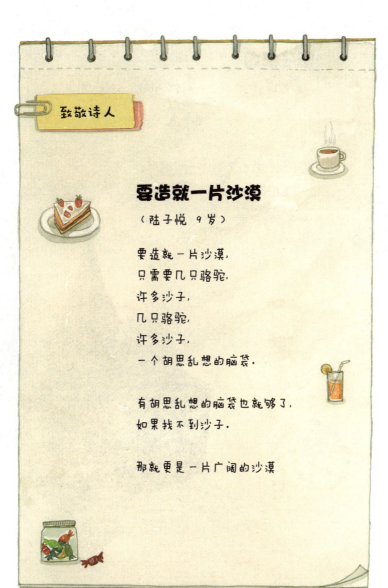

致敬诗人

要造就一片沙漠

（陆子悦 9岁）

要造就一片沙漠，
只需要几只骆驼，
许多沙子，
几只骆驼，
许多沙子，
一个胡思乱想的脑袋。

有胡思乱想的脑袋也就够了，
如果找不到沙子。

那就更是一片广阔的沙漠

157

影子王国

[德]汉斯·马格努尔·恩岑斯贝格尔　黄灿然 译

一
就是此刻我也能看见一个地方，
一个自由的地方，
在这个影子里。

二
这个影子
不是要卖的。

三
大海可能也

投下一个影子，
时间也可能。

四
影子的战争
是游戏：
没有影子
站在另一个影子的光中。

五
生活在影子里的人
是很难杀死的。

六
有一会儿
我跨出我的影子，
一会儿。

七
那些想看见光的
原样的人
必须退到
影子里去。

八
影子
比太阳还明亮：
自由的冷影子。

九
完全处在影子里
我的影子消失了。

十
在影子里
就是此刻也还有空间。

一位诗人的诞生（外国卷）

点评

　　我感觉，诗人是坐在自己的影子里，不断地同影子对话，没完没了地思考着影子——最后，"我的影子消失了"！为什么？影子被吓跑了。

161

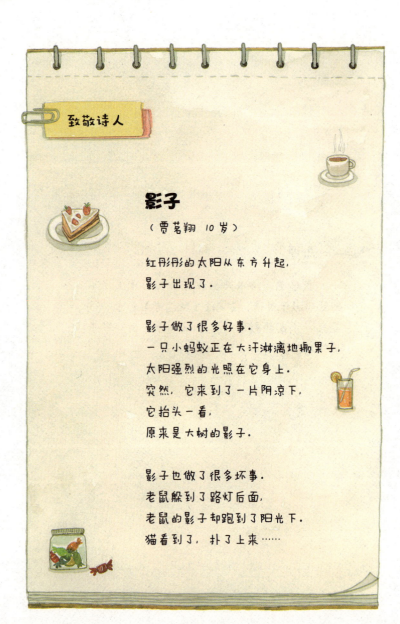

致敬诗人

影子

（贾茗翔　10岁）

红彤彤的太阳从东方升起，
影子出现了。

影子做了很多好事。
一只小蚂蚁正在大汗淋漓地搬果子，
太阳强烈的光照在它身上。
突然，它来到了一片阴凉下，
它抬头一看，
原来是大树的影子。

影子也做了很多坏事。
老鼠躲到了路灯后面，
老鼠的影子却跑到了阳光下。
猫看到了，扑了上来……

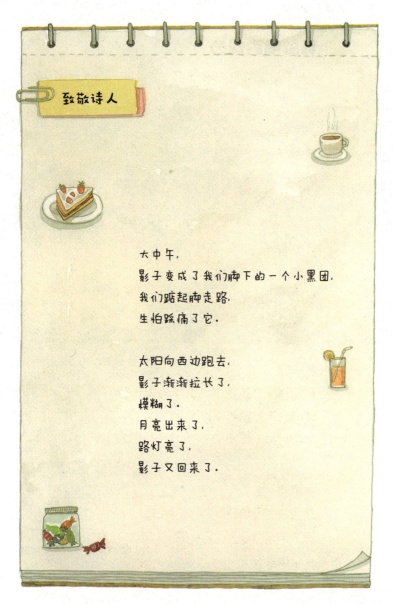

致敬诗人

大中午，
影子变成了我们脚下的一个小黑团，
我们踮起脚走路，
生怕踩痛了它。

太阳向西边跑去，
影子渐渐拉长了，
模糊了。
月亮出来了，
路灯亮了，
影子又回来了。

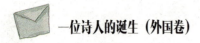

我歌唱的理由

[日]谷川俊太郎　田　原 译

我歌唱
是因为一只小猫崽
被雨浇透后死去
一只小猫崽

我歌唱
是因为一棵山毛榉
根糜烂掉枯死
一棵山毛榉

我歌唱
是因为一个孩子
瞠目结舌，颤惊呆立
一个孩子

我歌唱
是因为一个单身汉
蹲下来背过身子往别处看
一个单身汉

我歌唱
是因为一滴泪
满腹委屈和焦躁不安
一滴清泪

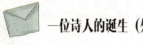

一位诗人的诞生（外国卷）

点评

  谷川俊太郎是日本当代著名诗人、剧作家、翻译家。"生命""生活"和"人性"是谷川俊太郎的三大主题。他的诗作，语言简练干净，透出一种感性的东方智慧。歌唱，不需要"理由"！你想歌唱，你就歌唱吧！歌唱不是诗人的特权，而是诗人的天性。歌唱什么呢？歌唱生命、生活和人性，悲时大放悲声，喜时一片欢歌。每一节的最后一行，是对歌唱对象的重复凸现，非常有力。

致敬诗人

我歌唱

（贾茗翔 10岁）

我歌唱
因为一只猫崽
安静又胆小
一只猫崽

我歌唱
因为一棵幼芽
在砖缝中生长
一棵幼芽

我歌唱
因为一把火炬
勇敢地燃烧在漆黑的长廊里
一把火炬

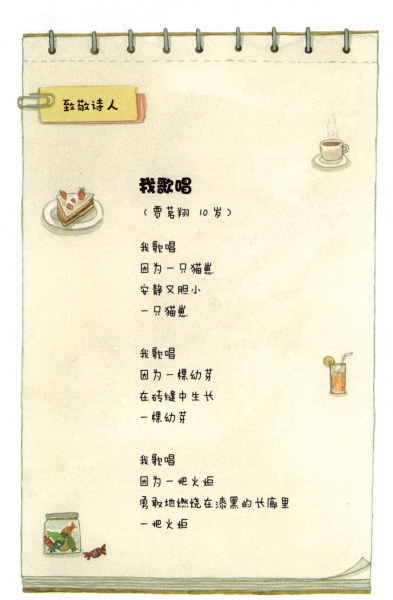

一位诗人的诞生（外国卷）

致敬诗人

我歌唱
因为一朵蜡梅
在雪中开放
一朵蜡梅

我歌唱
因为一只小鸟
它也在歌唱
一只小鸟

致敬诗人

我惊讶

（田雨蓝 11岁）

我惊讶，
是因为一枝玫瑰，
即使弱小，也依旧用自己的
力量保护自己。

我惊讶，
是因为一群蜜蜂，
即使渺小，也依旧日积月累
来酿得丝丝甜意。

我惊讶，
是一棵枝叶所剩无几的大树，
在寒风中，也愿意将一切奉献给
一只素不相识的小鸟，
让它能感受温暖。

再见

[日] 金子美铃　吴　菲 译

下船的孩子对大海说，
上船的孩子对陆地说。

船儿对栈桥说，
栈桥对船儿说。

钟声对大钟说，
炊烟对小镇说。

小镇对白天说，
夕阳对天空说。

我也说吧，
说再见吧。

对今天的我
说再见吧。

171

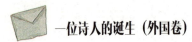 一位诗人的诞生（外国卷）

 点评

　　仔细听吧。用心听吧。你听，到处都有事物在说。我想对"今天的我"说："你明天再来找我吧。"

在路的中央

[巴西] 卡洛斯·安德拉德　孙成敖　译

在路的中央有一块石头
有一块石头在路的中央
有一块石头
在路的中央有一块石头
我的生活单调得令人生厌
但我永远不会忘记这件事情
我不会忘记在路的中央
有一块石头
有一块石头在路的中央
在路的中央有一块石头。

 **点评**

　　这首诗用"重复"的妙法，把一个句子写活了，写神了！诗即"重复"，那要看你怎么重复了——真正的重复是变化，是万变不离其心。这首诗表达了一个最平常不过的感觉："我的生活单调得令人生厌"。但是，诗人是通过"一块石头"才把这个感觉如此"真实"地写了出来。

早晨的午餐

[法]普雷维尔　树　才　译

他把咖啡
倒进杯子
又把牛奶
加进咖啡
再把糖块
放进牛奶咖啡

他用小匙
来回转动
他喝了牛奶咖啡
他把杯子放下
不跟我说话

他点了一根烟
他转圈子
围着烟圈儿
他把烟灰
弹进烟灰缸

不跟我说话
也不看看我

他站起来
他把帽子
扣到头上
他把雨衣
穿到身上
因为外面下雨

他出门了
走进雨中
没有一句话
也不看看我
我呢用手捧住头
哭了

点评

　　把一个个连续的动作，看个真切，然后，准确写出——这就是一首不错的诗。这叫现代诗的现象学写法。当然，这样概括，还是太玄了！不信的话，你自己试一试。

致敬诗人

夏日的冬雨

（徐子宸 11岁）

我毛掉了雨伞
脱掉了雨鞋
扔掉了外套
再甩掉了小辫

我冲进了雨中
雨点弄湿了我的脸
雨点钻进我的发间
雨点拍打着我的肩头
雨水纠缠着我的裤脚

路上的行人
没有理我
街边躲雨的小狗
没有理我
路旁摇摆的树枝
没有理我

我没有理会
路上的行人
我没有理会
街边躲雨的小狗
我没有理会
路旁摇摆的树枝

冲回家里
擦干脸上的雨水
吹干发间的雨水
换上干燥的衣服

我
还是我

在公园里

[德]阿希姆·林格尔纳茨　佚　名　译

夜间十一点以后，我看见
一只小鹿站在小树边，
安静，漂亮，如在梦境。

清晨四点
我再次走来，
小鹿依然在梦乡。

我蹑手蹑脚屏住气
走向小树，
轻轻地摸了摸小鹿。

噢，原来它是石膏做的。

181

点评

　　"石膏做的"一只小鹿，是僵硬不动的，但在诗人的"看见"里，它却是活灵活现的。看见，就是心里感觉到。当然，这还取决于你"什么时候"去看，"怎样"去看。世界的神奇，在这首诗中确实被诗人"看见"了：模糊了真和假，混淆了虚和实。

致敬诗人

在公园里

（邵　黎）

晨曦初露的时候，我看见
一个女神在向我招手
安静，漂亮，散发自由的光芒

窒息，凝固
我唯有
等待女神向我走来

昙花凋谢的时候
我终于鼓足勇气
蹑手蹑脚地走向女神

哦，原来她是石头做的

在意义丛林旅行的向导（节选）

[叙] 阿多尼斯　薛庆国 译

什么是空气？
灵魂不愿在身体里落户。

什么是镜子？
第二张脸，第三只眼睛。

什么是岸？
波涛休息的枕头。

什么是诗歌？
远航的船只，没有码头。

什么是雨？
从乌云的列车上下来的最后一位旅客。

什么是笼子？
满满的空。

点评

　　可以说，我们就活在各种各样的问题中。
没有问题，就没有知识。学习就是问问题，
写诗呢就是写问题。谢谢大诗人阿多尼斯教
给了我们一种作诗法：自己问问题，自己给
答案。这些答案充满了新奇、有趣的想象。
问题刺激想象力。写不出诗？那你就问自己
一个问题吧。

致敬诗人

问题诗

（贾铭翔 10岁）

什么是头发？
头发是虱子的秋千绳.

什么是虱子？
虱子是狮子的弟弟.

什么是弟弟？
弟弟是小屁孩儿.

什么是小屁孩儿？
小屁孩儿是阳光的"笨"学生.

什么是阳光？
阳光是天空的扫把毛.

什么是扫把毛？
扫把毛是黄色的头发.

之前

[以色列] 耶胡达·阿米亥　傅　浩 译

在大门关闭之前，
在最后的问题提出之前，
在我被颠倒之前。
在杂草长满花园之前，
在不再有宽恕之前，
在水泥变硬之前，
在所有笛孔被盖住之前，
在东西被锁在碗柜之前，
在规律被发现之前。
在结论被设计好之前，
在上帝握拢他的手之前，
在我们无处站立之前。

点评

我们尝试着写一首《之后》吧。

187

致敬诗人

之后

（蔡翕谦 10岁）

在周五结束之后
在我最爱的乐高拼好之后
在被妈妈表扬之后
在篮球比赛赢了之后
在无人机模型起飞之后
在所有的作业终于完成之后
在汽水从冰箱里取出来之后
在难题解答之后
在心愿实现之后
在老师说放学之后
在我们互帮互助之后
在写完《之后》之后

一位诗人的诞生（外国卷）

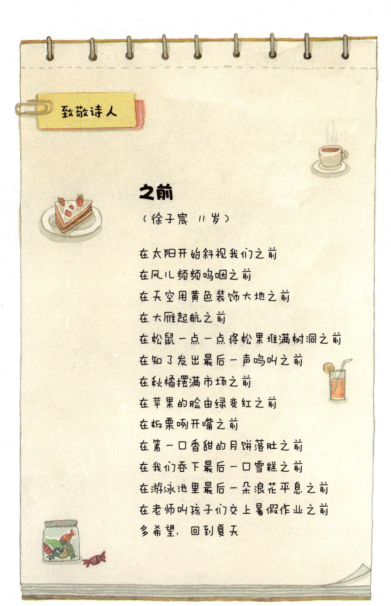

致敬诗人

之前

（徐子宸 11岁）

在太阳开始斜视我们之前
在风儿频频呜咽之前
在天空用黄色装饰大地之前
在大雁起航之前
在松鼠一点一点将松果堆满树洞之前
在知了发出最后一声鸣叫之前
在秋橘摆满市场之前
在苹果的脸由绿变红之前
在板栗咧开嘴之前
在第一口香甜的月饼落肚之前
在我们吞下最后一口雪糕之前
在游泳池里最后一朵浪花平息之前
在老师叫孩子们交上暑假作业之前
多希望，回到夏天

189

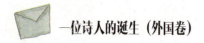

自我介绍

[日]谷川俊太郎　田　原 译

我是一位矮个子的秃老头
在半个多世纪之间
与名词、动词、助词、形容词和问号等一起
磨炼语言生活到了今天
说起来我还是喜欢沉默

我喜欢各种各样的工具
也喜欢树木和灌木丛
可是，我不善于记住它们的名称
我对过去的日子不感兴趣
对权威持有反感

我有着一双既斜视又有乱视的老花眼
家里虽没摆有佛龛和神龛
却有连接室内巨大的信箱
对于我，睡眠是一种快乐
梦即使做了，醒来时也全会忘光

写在这里的虽然都是事实
但这样写出来总觉得像在撒谎
我有两位分开居住的孩子和四个孙子但没养猫狗
夏天基本上是穿着 T 恤衫度过
我创作的语言有时也会标上价格

 一位诗人的诞生（外国卷）

 点评

　　是个好题目！每个人都可以写一首诗。我敢打赌：每个人写出的诗都会不同（即使写法相同）。有一个条件：你得足够诚实。日本当代大诗人谷川俊太郎，他可是够诚实的。他"自我介绍"的，确实就是他。

致敬诗人

自我介绍

（慢半拍）

我嘛，一直和孩子生活在一起
跟孩子一样赖床、磨蹭
慢吞吞地吃饭
慢吞吞地走路
在成人你冲我挤的跑道上
竟也侥幸存活了下来
我喜欢自然
喜欢温和的声音
喜欢一切美好的事物
疯狂地在田野间来回奔跑
疯狂地追逐月亮，给她唱歌谣
疯狂地爱一个人
也疯狂地讨厌某个人
可是，大部分时候
我更享受安静

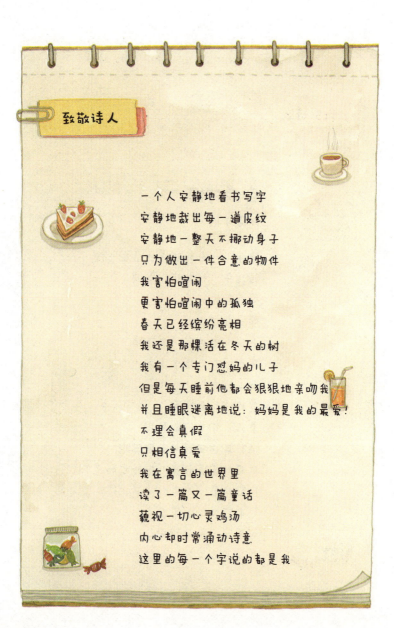

致敬诗人

一个人安静地看书写字
安静地裁出每一道皮纹
安静地一整天不挪动身子
只为做出一件合意的物件
我害怕喧闹
更害怕喧闹中的孤独
春天已经缤纷亮相
我还是那棵活在冬天的树
我有一个专门怼妈的儿子
但是每天睡前他都会狠狠地亲吻我
并且睡眼迷离地说：妈妈是我的最爱！
不理会真假
只相信真爱
我在寓言的世界里
读了一篇又一篇童话
藐视一切心灵鸡汤
内心却时常涌动诗意
这里的每一个字说的都是我

致敬诗人

却又像在描述另一个人
另一个住在我心里的人
其实，我喜欢和小孩腻在一起
抛开那些恼人的规矩和分数
一切都相当完美

走进树林

[韩] 高　银　金丹实 译

林中一片漆黑
同去的孩子
用力握住我的手
孩子和我化作一个
沉默
往树林深处走了许久

蓦然瞥见
我的童年岁月原封不动地趴在那里

一只小麋鹿惊恐地逃开

一位诗人的诞生（外国卷）

点评

　　这首诗有东方式的神秘：树林是东方的，孩子是东方的，沉默是东方的，握手方式是东方的，诗的起承转合是东方的……那个"惊恐地逃开"的小麋鹿也是东方的。它出自东方——韩国的大诗人高银之手。应我的请求，高银写过一幅书法作品，是四个汉字：山水之间。这首诗就写了"之间"的神秘。

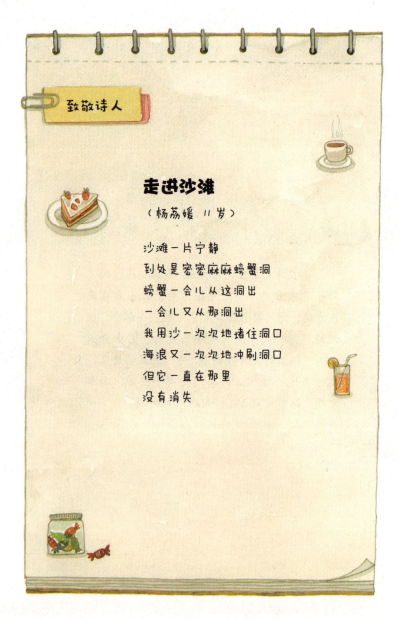

致敬诗人

走进沙滩

（杨荔媛 11岁）

沙滩一片宁静
到处是密密麻麻螃蟹洞
螃蟹一会儿从这洞出
一会儿又从那洞出
我用沙一次次地堵住洞口
海浪又一次次地冲刷洞口
但它一直在那里
没有消失

致敬诗人

走进雨林

（贾茗翔 10岁）

雨林中热闹潮湿，
我独自一人，
惊奇地望着两边。

被蚊子叮了，
被树根绊了，
在成长的路上，
这些小事根本微不足道。

我深入雨林，
扒开一层层树叶，
剪掉一根根藤蔓，
终于找到了，
彩虹之下，
面带微笑的另一个我。

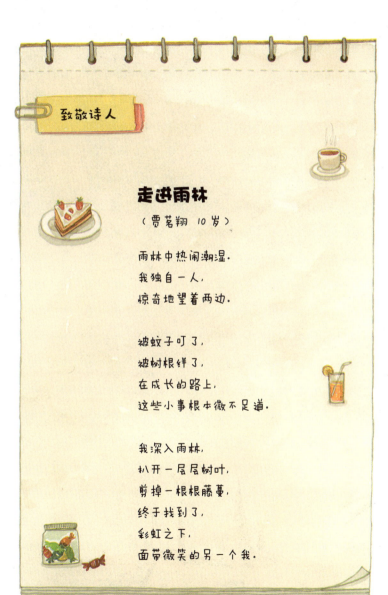